Trois fois la bête

Groupe d'édition la courte échelle
Division À l'étage
4388, rue Saint-Denis, bureau 315
Montréal (Québec) H2J 2L1

Édition et direction littéraire
Cassie Bérard

Révision
Laurent Frotey

Correction d'épreuves
Pierre-Luc Landry

Direction artistique
Julie Massy

Dépôt légal, 2ᵉ trimestre 2015
Bibliothèque nationale du Québec

À l'étage reconnaît l'aide financière du gouvernement du Canada par l'entremise du Fonds du livre du Canada pour ses activités d'édition. À l'étage est aussi inscrite au programme de subvention globale du Conseil des arts du Canada et reçoit l'appui du gouvernement du Québec par l'intermédiaire de la SODEC.

À l'étage bénéficie également du Programme de crédit d'impôt pour l'édition de livres — Gestion SODEC — du gouvernement du Québec.

Catalogage avant publication de Bibliothèque et Archives nationales du Québec et Bibliothèque et Archives Canada

Roy, Zhanie, 1977-
Trois fois la bête
ISBN 978-2-924568-06-4

I. Titre.
PS8635.O923T76 2015   C843'.6   C2015-940948-9
PS9635.O923T76 2015

Imprimé au Canada

ZHANIE ROY

Trois fois la bête

À L'ÉTAGE

NOIR

Vous me demandez ce qu'un tueur ressent lorsqu'il traque sa proie ?
C'est difficile à dire. Comment vous expliquer le goût de certaines choses...
Comment décrire le goût d'une quiche ou celui d'une bouillabaisse ?

Ted Bundy

PROLOGUE

L'été 1935 fut un été étouffant, une saison de chaleur et de sécheresse à rendre fou. On se rappelle ces mois de canicule à Sainte-Clarisse non seulement à cause de la température qui fit monter le mercure à près de 40 degrés Celsius, mais surtout pour les décès qui endeuillèrent la région. L'été 1935 fut l'été où trois enfants du village et des rangs alentour moururent assassinés sauvagement.

Déjà, lors des premiers jours de mai, l'atmosphère laissait présager un mois incroyablement torride. Juin fut tout aussi généreux de soleil et de chaleur. Les rares pluies ne réussirent pas à faire gonfler les ruisseaux, et les sources se tarirent avant la fin du mois. On vit alors les animaux sauvages se rapprocher des habitations à la recherche de points d'eau où s'abreuver. Bientôt, la rumeur qu'un énorme loup rôdait se propagea sur toutes les lèvres.

PREMIÈRE PARTIE
LE PARFUM DES CONFITURES

Le soleil me regarde. Le soleil me nargue. Il est là : haut, arrogant, fier. Aucun obstacle ne freine son rayonnement. Il pèse sur mon corps, sur ma tête. Il me vide de mon eau. J'ai soif. J'ai horriblement soif. Je meurs de soif. Ma langue est épaisse. Elle grossit dans ma bouche, prend toute la place. Je n'ai plus de salive. Il me faut de l'eau. Mais où en trouver ? Plus une goutte. Plus un ruisseau. Que la rivière. Mais aller jusqu'à la rivière...

J'ai soif et puis j'ai faim ; d'une faim sans fin. Elle gronde dans mes entrailles. Rien ne peut l'assouvir. Aucune nourriture ne la tait. Elle me fait violence. J'AI MAL. La faim, comme le soleil, cherche à me tuer. Toujours dans la bouche ce goût de sang, de chair fraîche. Tendre et fraîche. Tendre et fraîche et fraîche et fraîche et fraîche. Jamais assez de chair tendre et fraîche. Ce parfum musqué des muscles quand ils cèdent sous la dent. La tiédeur dans la bouche... J'aime ce jus écarlate. J'aime le laisser couler de mes lèvres. Cette essence divine, qui se répand dans ma gorge, dans mon corps : j'en ai besoin. Elle m'est vitale, sinon je vais mourir.

CHAPITRE I

En ce début de moisson, afin d'éviter la lourdeur des après-midi, les agriculteurs s'attellent à l'ouvrage dès les premières heures du matin. Ils partent aux champs avec les lueurs de l'aube pour ne s'arrêter que peu après le dîner. Vers 16 heures, ils se remettent à la tâche jusqu'à ce que la nuit envoie tout le monde au lit. Ce rythme et cette chaleur donnent l'impression de se trouver sur les bords de la Méditerranée plutôt qu'au cœur des Appalaches, au sud de la province de Québec.

Léa, dernière-née de Thérèse et de Vilmer Fournier, aime par-dessus tout aller cueillir des petits fruits. Avec sa constitution frêle, l'enfant paraît âgée de tout au plus sept ans, elle qui compte déjà dix hivers. Tôt en ce matin de la fin juin, elle part ramasser des fraises des bois. Elle sait qu'en haut du rang le Grand, aux abords de la terre à Joe Bilodeau, se trouve une talle prête à être cueillie. Avant que quelqu'un d'autre n'accapare ces délicieux fruits rouges, la fillette décide d'aller s'y promener et de voir si elle pourrait en ramener suffisamment pour que sa mère fasse des confitures. La confiture, aux yeux de Léa, il n'y a rien de meilleur. Elle ne peut concevoir plus grand plaisir au monde que celui d'entrer à la maison et d'être accueillie par le parfum des fraises, framboises et autres baies bouillant dans le chaudron.

Sa chopine à la main, elle avance d'un pas alerte. Au lieu de passer par la route, Léa décide de couper par le pré aux bœufs de son père. Ce raccourci devrait lui faire gagner une bonne demi-heure de marche. Comme la journée s'annonce pesante, elle préfère profiter le plus possible des heures plus fraîches du matin. Quand on cueille des fruits trop chauds, ils éclatent dans la main et finissent en compote au fond du cassot. Ça fait de la moins bonne confiture.

Prudemment, Léa enjambe la clôture qui cerne le champ familial. Ses frères et sœurs détestent autant qu'elle aller chercher les bœufs du père. Les bêtes les plus jeunes ont tendance, nerveuses, à les poursuivre. Personne n'aime se faire encorner par un bœuf. Il y a deux ans est né le plus gros et le plus agressif des veaux que les Fournier possèdent. Un jeune taureau noir, malin comme le diable et qu'on dirait prêt à tuer, règne en roi et maître sur le clos.

Ne voyant la bête nulle part, Léa avance avec confiance dans le blé qui lui arrive parfois jusqu'aux genoux. Elle marche dans le champ aux herbes longues, dans un paysage qu'elle connaît par cœur pour l'avoir parcouru toute sa vie. Ses pieds sont légers et son esprit voltige. Elle oublie le taureau et sa présence menaçante pour contempler les nuages. Un gros cumulus apparaît au loin et lui rappelle la jument de son oncle Maurice. Elle aime cette belle bête au pelage brun et au museau blanc. Quand on n'a plus besoin d'elle à la maison et que ses devoirs sont terminés, Léa court la voir pour lui donner des pommettes et caresser la peau douce de son mufle nu et grisâtre.

Elle pense à la jument quand une présence la tire de ses songes et la ramène à la réalité. Du coin de l'œil, elle perçoit une masse sombre qui s'avance à pas mesurés. Elle se retourne pour voir le taureau qui la fixe calmement. Ils se scrutent tous les deux, immobiles. Entre deux palpitations du cœur de l'enfant, le temps s'étire, prêt à céder comme un fil que l'on aurait trop tendu. Avant qu'elle ne se fasse percuter par la tête de l'animal, Léa se met à courir de toutes ses forces. Elle sait que la cabane à sucre de son père n'est pas très loin et qu'elle pourra y trouver refuge.

Par la puissance de ses jambes, effilées mais musclées, la fillette distance l'animal surpris de sa rapidité. Elle vole d'une enjambée à l'autre, se rapprochant de la sécurité que lui offrent les murs de la mansarde en bois. Le taureau se lance à sa poursuite, écumant de rage derrière l'intruse qui foule l'herbe de son clos. Les sabots de la bête soulèvent des touffes d'herbe jaune tandis qu'elle se rapproche de la fillette. Avant que les cornes aiguisées de l'animal puissent pénétrer dans sa chair tendre, Léa s'enferme dans la cabane de son père.

Le taureau ne renonce pas. Il s'élance tête première contre la porte. La sécurité de la cabane se transforme vite en prison. À genoux par terre, Léa prie que le bon Dieu vienne lui porter secours. Terrorisée par la sauvagerie de l'attaque, elle pleure et crie en réponse aux coups de l'animal. Jamais elle n'a vu une bête aussi colérique. Doucement, une onde monte de son estomac à sa tête. Son cœur s'emballe. Et si l'animal parvenait à briser la porte? Et si elle devait mourir aujourd'hui? La panique s'insinue dans son esprit, prend de plus en plus de place, puis s'empare d'elle totalement. Une voix lui murmure qu'elle ne s'en sortira pas indemne. Au fond de ses entrailles, elle devine qu'ici, en ce 27 juin 1935, sa vie prendra fin. Devant l'horreur de cette fatalité, ses larmes cessent de couler. Son souffle s'apaise, sa prière se fait réconfortante. Après quelques minutes, une grande sérénité remplace son tourment et la laisse plus tranquille. Un sourire s'incruste même sur son visage délicat.

Toute à sa dévotion, l'enfant ne crie pas quand la porte s'ouvre, finalement. Concentrée dans ses prières, elle n'a pas réalisé que les coups se sont estompés et que l'animal s'est éloigné, las de se battre avec une porte. Aussi laisse-t-elle échapper un « Oh ! » de surprise face à ce qui la sort de sa torpeur. Cette exclamation témoigne autant de sa confusion que de son épouvante. Le pressentiment de Léa laisse place à une certitude : elle ne verra pas le soleil se lever sur une nouvelle journée. Elle le sent. Elle le sait. Elle sourit toujours.

CHAPITRE II

Damase Couture a toujours eu la digestion difficile. D'aussi loin qu'il se souvienne, son œsophage fut tourmenté par les brûlures acides qui émanaient de son estomac. Ayant été torturé toute sa vie, Damase ne s'inquiéta pas du surplus de poids qui lui pesa au milieu du ventre pendant l'hiver. Il ne l'empêcha pas de vaquer à ses occupations, toujours plus nombreuses, plus prenantes. En effet, en janvier, il se mit à considérer son temps venu. Pendant près de 35 ans, Damase attendit son heure de gloire. Au seuil de la vieillesse, à 71 ans, il en eut assez d'attendre.

Il réalise aujourd'hui que rien ni personne ne peut contrecarrer ses projets, sinon lui-même. Il n'en tient qu'à Damase de laisser sa trace. Au fond de lui brûle un désir de consécration qui ne s'est jamais éteint avec les années, et ce, malgré son apparente docilité et ses airs fragiles. Il n'est pas très beau, Damase. Son visage est blême et ses traits sont tirés par la rancune d'une vie effacée. Il est surtout quelconque, Damase. Avec sa petite taille, ses grandes dents et ses joues tombantes sous le poids des années, il ressemble à un rat. Il est si quelconque que personne ne pense à faire l'analogie en le voyant.

Plus les années passent, plus son désir de reconnaissance lui ravage l'intérieur ; comme un feu qui brûle. Combien de nuits a-t-il passé, remué par la rage à se savoir si insignifiant, si inutile curé de campagne? Maintenant qu'il est vieux et qu'il se sent malade, la rage qui l'habite cherche à se matérialiser, à devenir action, réalisation. Voilà pourquoi cette lourdeur, apparue pendant l'hiver, ne l'angoissa pas. Au contraire, il y voyait un signe lui confirmant d'agir afin de concrétiser ses rêves de grandeurs.

Debout dans son presbytère, la main sur son estomac douloureux, il comprend combien vide est son existence. En regardant autour de lui, il constate sa désuétude. Tout ce qui l'entoure est vieux, usé, stérile. Il n'a que peu d'amis, le village ne le considérant pas comme l'un des siens. Il est resté étranger, pour ne pas dire l'étranger, bien qu'il résidât dans les lieux depuis plus de trois décennies.

Cette douleur, apparue durant l'hiver et qui ne le lâcha plus, le convainquit d'aller à Québec consulter un spécialiste, quelqu'un qui saurait identifier le mal et faire taire la souffrance. Le médecin que le curé alla voir l'écouta impassible. Il lui fit passer une série de tests et d'examens avant de lui dire qu'il le relancerait au courant du mois. Quand, quelques jours plus tard, il reçut de lui un télégramme le pressant de venir le voir, Damase comprit que sa situation ne laissait rien présager de bon. Hier, donc, il se rendit en ville. Une fois assis dans le décor austère du cabinet privé, il comprit que le sort en était jeté.

Le médecin le regarda avec la même froideur dénuée de sentiment qu'il arborait lors de leur première rencontre. Avec ses traits sévères semblant avoir été creusés au burin des mauvaises nouvelles, le docteur garda une attitude fermée, par habitude. En réalité, il se sentait mal à l'aise par rapport aux pleurs, à l'effondrement de ses patients.

– Monsieur le Curé... commença le médecin.

Le spécialiste chercha ses mots, ne sachant pas s'il était préférable d'élaborer vaguement ou d'aborder la question sans détour.

– Allez-y, n'hésitez pas, répondit Damase. Je me doute bien que si vous m'avez convié à votre cabinet si rapidement, ce n'est pas pour m'annoncer des réjouissances.

Malgré son air assuré et capable d'entendre le pire, Damase s'alarma. La confession lui avait appris à masquer son dégoût, sa colère et même sa surprise. Il parvenait à camoufler ses émotions en simulant l'indifférence. Ses ouailles considéraient son approche hautaine et distante. Damase cherchait simplement à se protéger de la souffrance humaine.

Le médecin, encouragé par les propos de Damase, reprit.

– La douleur que vous ressentez est causée par une tumeur située dans votre tube digestif, à l'embouchure de l'estomac. Elle forme une boule qui crée une pression. La nourriture ne circule plus librement, ce qui perturbe votre digestion.

– Une tumeur ? interrogea Damase.

– Un cancer, dit le médecin. Elle a la taille d'un petit œuf.

– J'ai un œuf dans l'estomac, quelle étrange image... ! Est-il possible de me le retirer ?

– Nous pourrions opérer, mais les risques sont grands.

– Je vais mourir ? demanda Damase impassible.

– Il existe des traitements expérimentaux... avança le médecin.

– Je vais mourir.

Le médecin se tortilla sur sa chaise, mal à l'aise. Devant l'insistance de son patient, il poursuivit.

– Oui, comme tout le monde, un jour.

– Mais, dites-moi, quand ?

— Je ne suis pas devin, je ne suis que médecin.

— Vous devez quand même avoir une idée du temps qu'il me reste à vivre, insista Damase.

Damase voulait connaître la vérité, aussi le médecin répondit, cette fois, sans détour.

— En fonction de la maladie... Si le cancer continue à se développer rapidement, s'il s'attaque aux autres organes, je dirais de trois à six mois. Si la progression reste contenue, un an, deux, tout au plus.

Deux ans! Serait-ce suffisant pour mener son projet à terme? Damase n'eut pas besoin d'en entendre plus. Il devinait la suite. Rien ne pourrait le sauver, sauf sa foi... et encore. Aussi quitta-t-il le cabinet sans chercher à en savoir davantage.

La mère de Damase fut très protectrice. Le couvant comme une poule l'aurait fait de ses œufs, elle ne lui permit ni de s'amuser à des jeux trop excitants ni de se trouver hors de son champ de vision. Elle l'enferma dans son amour, le mura dans la maison. De ses années de réclusion, Damase garde une profonde fascination pour les enfants. Contempler leurs jeux, écouter leurs cris de joie soulevait en lui une vague d'émotion incontrôlable qui l'assaille encore aujourd'hui quand il entend des garçons s'amuser dehors.

Une horde de jeunes du village se divertit à côté du presbytère où il fait le ménage de ses papiers. Normalement, il prendrait le temps de jeter un coup d'œil, de se repaître du bonheur qu'il perçoit. Chacun de leur rire est une gouttelette qui l'éclabousse dont il aimerait savourer la fraîcheur. Mais, en ce 27 juin 1935, la boule qui pèse sur son estomac le préoccupe plus qu'il ne le voudrait.

Damase se remémore les mots du médecin alors qu'il parcourt son bureau avec nervosité. Il sait ses jours comptés. Sa vie s'égrène comme un chapelet dont la fin des billes approche. Il se doute bien que le temps qu'on lui donne est plus que généreux. Son estomac élance sans arrêt, il n'a plus sommeil. Son teint est cireux. Il vieillit, le curé de Sainte-Clarisse. Il maigrit. Ses traits sont tirés. Devant les habitants du village cependant, Damase conserve son air d'intouchable, aussi personne ne s'inquiète de sa santé.

Derrière sa fenêtre, les enfants délaissent leur jeu et s'en vont. Dans le silence qui revient, Damase décide qu'il ne mourra pas sans laisser un héritage concret aux générations suivantes.

En regardant le fouillis qui recouvre son bureau, il aperçoit les papiers qui concernent l'aménagement d'un nouveau cimetière pour le village. L'actuel étant comble, un comité de villageois a demandé au curé de réfléchir à un nouvel emplacement pour les futures sépultures. Une idée s'enracine tranquillement dans l'esprit de Damase, lui qui veut laisser une preuve tangible de son passage sur Terre. Elle s'infiltre en lui comme l'eau dans le sol desséché des champs qui s'insinue dans les fissures de la terre. Cette vision nourrit la graine de l'ambition qui l'habite. Pour la première fois depuis des mois, la pression qui assaille son estomac se desserre légèrement. Une sorte d'ivresse vient combler l'espace ainsi créé dans sa cage thoracique. Le curé est content.

Tandis qu'un sourire déforme les traits de Damase, la porte s'ouvre sur Blanche Tanguay, l'aînée des enfants de Lorenzo, le bedeau du village. Bien charpentée, elle s'impose malgré sa réserve. Le curé est toujours mal à l'aise en présence de la jeune femme. Il la trouve sauvageonne, indomptée. Selon lui, elle ne se soumet pas assez à l'autorité de son père. Il a accepté de la prendre pour remplacer sa gouvernante partie au chevet de sa mère malade, car il apprécie Lorenzo. Il est peut-être le seul villageois avec qui il a su tisser un réel lien au cours des années. Comme la femme du bedeau est enceinte pour la septième fois, il s'imagine qu'un salaire supplémentaire est le bienvenu dans la famille.

L'arrivée de Blanche dans la pièce le fait sursauter. Il ne l'a pas entendue. Il lâche un petit cri de surprise en la découvrant à ses côtés. Son allure sème l'angoisse dans le cœur de Damase. Elle a les cheveux en broussaille, le visage maculé de terre, égratigné. Ses vêtements s'emmêlent sur son tronc, la maintiennent prisonnière. Un désarroi émane de tout son être. Elle possède une énergie toujours prête à s'évader de son corps jeune et fougueux. Personne ne sait quand les vannes qui en contrôlent le flux s'ouvriront. La respiration haletante, Blanche fixe le curé, la panique greffée sur sa figure. Incapable de retenir son malaise, Damase lui parle froidement.

— Qu'y a-t-il ? Pourquoi me regardes-tu ainsi ?

Blanche émet un son oscillant entre le râle et le rire : un hoquet d'horreur. Damase ne réalise pas que la jeune femme a peur.

— Parle !

— J'ai retrouvé la petite Fournier dans la cabane à sucre de son père... balbutie Blanche sans finir sa phrase.

— Et ? Parle que je te comprenne ! vocifère Damase.

— Elle est morte, murmure Blanche. Les tripes lui sortent du corps. Y a du sang partout... Et son visage... Son visage... Il est beau son visage.

CHAPITRE III

Le souffle qui secoue les herbes hautes ne parvient pas à l'intérieur de la cuisine d'été de Rose-Délima Tanguay. Le ventre tendu par l'enfant qu'elle porte alourdit la femme, ralentit son rythme naturel. Il fait une chaleur torride dans cette petite pièce annexée à la maison. Des perles de sueur gouttent sur son front et s'emmêlent à sa tignasse noire. De longues mèches folles s'échappent du lourd chignon de la paysanne noué bas sur son cou fort et solide. Rose-Délima pétrit son pain. Il en faut beaucoup pour nourrir son clan. Et elle masse la boule de pâte blanche, enfonçant ses mains rugueuses dans la matière élastique. Ses bras musclés laissent entrevoir les veines qui courent sous sa peau. Elle a le teint bronzé des journées passées sous le soleil à travailler au potager. Même si elle soutient le contraire, des Abénakis métissent le sang de ses ancêtres. Seuls ses yeux d'un bleu océan contrastent avec l'ensemble, renforçant ainsi son entêtement à nier ses gènes amérindiens.

La femme pétrit avec vigueur. De toutes les tâches ménagères, celle-ci demeure sa préférée. L'effort et la répétition du geste qui berce son corps de l'avant à l'arrière font en sorte qu'elle perd la notion du temps. Ses lèvres récitent le Notre Père, cependant, elles butent sur le « ne nous soumettez pas à la tentation, mais délivrez-nous du mal », qu'elle dit, redit et redit encore sans en prendre conscience. Bien que croyante, Rose-Délima ne se sent pas à sa place sur les bancs de bois de l'église du village. Selon elle, tous ces gestes, toutes ces paroles répétées en chœur ne sont que des simagrées pour satisfaire les voisins et assurer la docilité des paroissiens. Elle s'y soumet pour son mari Lorenzo qui, en tant que bedeau, doit montrer l'exemple. Et puis, la pression sociale l'oblige tous les dimanches à enfiler sa plus belle robe, à poser sur ses cheveux aussi rebelles que l'est son âme son beau chapeau : de paille l'été, de feutre l'hiver. Elle se joint aux autres villageois dans cette mise en scène et suit les paroles de ce bien étrange curé qui est le leur. Rose-Délima devine que Damase Couture est un homme sanglé par les conventions, compressé par un désir d'accomplissement et coincé dans une ambition qu'il ne sait comment assouvir.

Elle tourne et retourne avec vigueur la pâte entre ses mains, malgré la chaleur, la fatigue et le poids de l'enfant. Elle prie avec la même énergie non pas pour elle ni pour le curé, mais pour sa fille aînée qui, bien qu'elle grandisse en beauté, laisse entrevoir une fougue incontrôlable. Normalement, on devrait la marier cette année. Il y a bien le fils du voisin qui semble intéressé, mais Rose-Délima craint qu'il n'ait pas le caractère assez affermi pour exercer son emprise sur sa Blanche. Elle connaît bien sa plus vieille et sait pertinemment qu'il lui faudra un mari qui sache lui passer la bride au cou et la mener d'une main ferme. Du moins, c'est ce qu'elle espère.

Elle-même n'est pas une femme docile à se faire dire quoi faire. Son mariage perdure, car Lorenzo ne cherche pas à exercer l'ascendant sur elle. En échange, Rose-Délima lui permet de vaquer à ses occupations sans le questionner ni exiger quoi que ce soit en retour. Il peut disparaître des journées entières, revenir et repartir sans justifier ses allées et venues.

Rose-Délima sut que Lorenzo serait son mari dès qu'elle le vit. Elle se rappelle comme hier cette belle journée de mars 1909. À cette époque, Lorenzo, de huit ans son aîné, envisageait de demander la main de sa sœur, Joséphine. La première fois qu'elle fit sa rencontre donc, elle avait à peine quatorze ans. Lorenzo était venu passer la veillée à la maison, on était le 21 du mois, pour jaser avec le père de Joséphine et de Rose-Délima et lui demander la permission de fréquenter sa plus vieille. Son père, René Gosselin, n'était pas un homme facile, aussi Rose-Délima était certaine qu'il se braquerait et déclinerait la proposition. Mais, au lieu d'apposer son refus, il ne répondit pas immédiatement. Lorenzo lui semblait un brin trop ambitieux pour devenir agriculteur, et cette idée ne le rassurait pas. Chez les Gosselin, on était fermier de père en fils, et fier de l'être. Cette soirée-là, ils discutèrent de la terre, du bois et surtout du projet de Lorenzo de travailler aux États-Unis pour ramasser l'argent des noces.

— Pourquoi aller aux États ? demanda René Gosselin. La terre, la meilleure, tu la trouveras pas ailleurs qu'ici.

— Je le sais bien, monsieur Gosselin, mais pour posséder une terre, il faut de l'argent, répondit Lorenzo. J'ai besoin de moyens pour avoir un lot et des bêtes. En allant aux États, je pourrai me grayer d'un fonds qui servira à me lancer dans vie. Tout ce qu'il me restera à trouver, c'est une femme pour s'occuper de la maison, élever les enfants.

— La famille, la terre et Dieu, c'est tout ce qui compte.

— Je suis bien d'accord avec vous, monsieur Gosselin, mais pour posséder une terre, faut pouvoir l'acheter. On n'est jamais vraiment chez soi tant qu'on n'est pas propriétaire. Je veux pas travailler sur la terre d'un autre.

— C'est pas fou, ton idée ! Tu penses partir combien de temps ? s'enquit René Gosselin.

— Un an ou deux, ça dépend.

– Et tu pars quand?

– Pas avant cet été, prit le temps de réfléchir Lorenzo.

– Tu repasseras nous dire bonjour d'ici là, conclut René Gosselin.

Rose-Délima se cacha en haut des marches pour espionner ce bel homme à la mâchoire carrée, qui discutait avec tant de conviction et d'ambition. Le bleu de ses yeux lui promit qu'un jour ils se marieraient.

Il passa ce printemps-là à fréquenter sa sœur. Rose-Délima ne s'en inquiéta pas trop. Elle profitait de sa présence pour l'écouter parler et le regarder rire. Elle savait que Joséphine n'attendrait pas deux ans pour se marier. Si c'eût été le cas, Rose-Délima aurait agi. D'ailleurs, l'envie de mettre fin à la compétition la tiralla un soir où elles s'affairaient toutes les deux à enlever les roches de la terre à bois du père. Joséphine, penchée sur une pierre plus grosse que les autres et plus difficile à extraire du sol, ne regardait pas sa sœur cadette qui se tenait derrière elle.

– Lorenzo Tanguay est pas mal bel homme, souffla Joséphine entre deux respirations. As-tu remarqué ses yeux? Je me demande s'il embrasse bien. Je sais que le père est pas convaincu que c'est un bon parti, mais je le trouve pas mal à mon goût. Je me demande s'il va me faire la grande demande avant son départ.

À ces mots, le cœur de Rose-Délima bondit. Un pavé dans les mains, elle jongla avec l'idée de le fracasser sur le crâne de sa sœur devenue une tache sur la fresque de son futur avec Lorenzo. Elle était convaincue qu'il serait le sien. Mais s'il préférait Joséphine? Elle se répétait que toutes ces idées étaient des âneries. Pourtant, le venin de la jalousie malmenait son âme. Un éclair traversa sa pensée. Pourquoi ne pas la soustraire de la compétition? Il suffirait d'un accident...

— Doux Jésus que cette roche est pesante. Rose-Délima, cria Joséphine, viens m'aider.

Dans le sang de Rose-Délima circula le désir de voir disparaître sa sœur. Sa bouche s'emplit d'une envie meurtrière. Dieu sait ce qui serait arrivé si Joséphine n'eût jeté un œil par-dessus son épaule, épuisée par l'effort.

— Tu fais quoi, la bouche ouverte ? Arrête de me regarder de même et viens me donner un coup de main.

L'adolescente se débarrassa de sa roche, de son projet, et vint l'aider. Elle s'en remit à Dieu et se dit que s'il ne voulait pas de son mariage avec Lorenzo, il trouverait mille façons de l'empêcher, alors aussi bien se résigner tout de suite.

Elle eut d'ailleurs raison de ne pas s'inquiéter davantage, car Lorenzo partit dans le courant de l'été et ne revint que trois ans plus tard, en 1911, l'année où elle fêta ses dix-sept ans. Sa sœur Joséphine avait pris mari au printemps d'avant. Quand Lorenzo vint offrir ses félicitations à la famille, il remarqua le joli brin de femme qu'était devenue Rose-Délima. Il aima sa fougue, sa vivacité. Ils se marièrent rapidement : les noces eurent lieu au courant de l'automne.

La mère qu'elle est devenue ne souhaite pas une telle union pour son aînée. Déjà, lorsque Blanche était une enfant, il y avait chez elle un désir d'indépendance inassouvi. Elle la surprit plusieurs fois debout, l'œil dans le vague, et sur son visage un sourire déformant la beauté de ses traits. Durant ces moments, Rose-Délima aurait juré que sa fille, dans ses rêveries, parcourait terres et mers pour vivre sa vie loin de Sainte-Clarisse, de ses habitants et de leur routine d'agriculteurs asservis par leur terre. Son instinct lui dit que Blanche serait prête à tout pour mener sa vie à sa convenance.

Peut-on laisser une jeune femme prendre le contrôle de son existence ? Rose-Délima connaît la réponse, du moins celle de la société, et sait qu'elle ne convient pas à sa plus grande.

Sans attendre l'approbation de qui que ce soit, Blanche peut aussi bien s'en aller un beau matin et ne plus jamais revenir. Cette pensée fait remuer les lèvres de Rose-Délima plus vite. Elle enchaîne les Je vous salue Marie et les Notre Père à en confondre les paroles, à en mélanger les prières. Elle prie, comme d'autres avalent un whisky, pour s'étourdir.

Son pain est prêt. Elle divise la pâte en douze boules d'égale grosseur, puis les façonne en miches qu'elle place ensuite dans les moules beurrés et farinés. Elle recouvre le tout d'une vieille nappe blanche pour laisser lever la pâte encore une heure.

Elle regarde son labeur qui repose et se demande ce qui pourra contrôler sa fille. Peut-être qu'Odilon Audet, le fils du voisin... La vie de couple, le mariage, l'enfantement... Oui, voilà. Il faut que Blanche fonde une famille. Rose-Délima sent que la pression qui l'enserre se relâche quelque peu. Si sa fille peut prendre mari, devenir mère, alors il n'y aura plus de danger. Mais quel danger ? Rose-Délima ne saurait dire. En son for intérieur, elle se méfie de l'avenir.

En accord avec cette intuition, l'enfant qui loge dans ses entrailles cesse de s'agiter. De toutes ses grossesses, elle vit certainement la plus mouvementée. Ce garçon – elle est convaincue que c'en est un – semble prendre son ventre pour un terrain de jeu. Il pousse, donne des coups, tourne. Il est si gros. À l'enflure de son abdomen, on croirait qu'elle va accoucher bientôt. Pourtant, il lui reste deux longs mois assurés.

Rose-Délima lève les yeux. Le front humide, elle regarde au loin, dans les champs. L'espace d'un moment, elle disparaît, l'enfant aussi. Elle se confond avec les épis de blé tendre, presque cuits par le soleil. Elle ondule en chœur avec le foin qui l'entoure. Elle n'est plus une femme enceinte ni une mère de famille, elle devient herbe folle et libre. L'angoisse s'envole.

Elle revient à vive allure à la réalité, aidée par toutes les questions qui l'assaillent. Comment vont-ils payer la noce ? Comment, avec les maigres revenus de son mari, pourront-ils offrir le repas traditionnel ? Et le trousseau de Blanche qui est à peine commencé. Bien sûr, il y a toujours les à-côtés du travail de bedeau de son Lorenzo qui rapportent à la famille – il gère le cimetière –, mais vu la relative jeunesse des habitants du village, il faudrait que la canicule soit désastreuse pour que les enterrements rapportent suffisamment et financent l'événement. Elle regrette aussitôt cette pensée morbide. Revoilà son garçon qui s'agite. Une douleur la traverse, lui coupe le souffle et l'oblige à prendre appui sur son plan de travail. L'enfant se déchaîne. Il tourne dans tous les sens, laboure ses côtes à grands coups de pied. Si elle portait là son premier bébé, elle jurerait qu'il lui griffe les entrailles, qu'il tente de l'ouvrir de l'intérieur.

Rose-Délima n'est pas femme à s'arrêter pour une douleur, quelle qu'elle soit. Elle se ressaisit rapidement. Il faut partir le feu pour que le four atteigne la bonne température. De son pas décidé, de son pas de femme qui connaît la valeur de chacun des gestes posés, elle se dirige vers la corde de bois où l'attendent les bûches pour le feu. Elle ouvre la porte du four et y introduit de petites branches une à une. Elle pense à son pain doré et odorant qui refroidira à l'ombre des briques un peu plus tard cet après-midi. La femme allume son feu. Elle inspire profondément, comme s'il lui fallait tout son courage pour s'avancer devant ce gouffre de chaleur. Elle saisit des rondins qu'elle glisse adroitement sur les flammes naissantes.

Concentrée, Rose-Délima n'entend pas les pas feutrés de Blanche qui arrive derrière elle. Son esprit, préoccupé, la tient éloignée de la réalité qui l'entoure. N'existent que son ventre, le pain à cuire et la chaleur qui l'enveloppe dans un cocon. Blanche en profite pour observer sa mère. Elle maîtrise depuis longtemps l'art de se faufiler sans bruit. Elle peut contrôler son corps afin de lui procurer la souplesse et la légèreté nécessaires au silence. Elle parvient à se fondre dans l'univers ambiant.

Debout derrière sa mère, elle regarde ses épaules. Elle admire la force et l'énergie qui se dégagent de ce corps. Blanche ressent une onde la parcourir, une tendresse l'envahir. Cet amour qu'elle porte à Rose-Délima est pourtant teinté de colère, parfois même de haine. Si elle admire sa fougue et sa volonté, Blanche en veut aussi à sa mère de la contraindre à l'imiter et à fouler à son tour le chemin de la bonne femme au foyer. Jamais elle ne se pliera à ce rôle d'esclave qui oblige une femme enceinte par-dessus la tête à plonger dans la chaleur étouffante d'un four à pain.

Rose-Délima se retourne pour voir qui se trouve à ses côtés. S'il lui arrive de ne pas entendre les gens arriver, quelque chose en elle l'avertit toujours d'une présence. Son instinct est sûr et elle l'écoute. Elle frémit en voyant l'allure désordonnée de sa fille aînée, mais Rose-Délima maintient un dos droit et la tête haute. Un regard suffit pour lui faire comprendre que quelque chose ne va pas. Brusquer Blanche ne sert à rien, alors mieux vaut ne pas lui demander de but en blanc ce qui lui arrive.

Gênée, la jeune femme baisse la tête. Le rouge colore ses joues malgré son teint basané. Elle voûte les épaules. La raison qui l'a conduite auprès de sa mère la paralyse.

— Tu sembles agitée aujourd'hui, ma fille, dit Rose-Délima sans lever les yeux sur Blanche.

— Non, maman.

— Viens me donner un coup de main. Reste pas là, les bras ballants. Il me faut des bûches pour le four.

Blanche obéit à sa mère, à l'autorité de ce bout de femme que la petitesse ne rend pas vulnérable. Elle rapproche le bois que Rose-Délima enfourne. Elles travaillent en silence. Une fois leur labeur terminé, la mère se tourne vers sa fille et constate l'état de ses vêtements. Ses yeux parcourent le visage de son enfant et découvrent les traces d'une lutte.

— Tu arrives d'où ? demande Rose-Délima.

— De chez monsieur le curé, répond une Blanche presque honteuse.

— Arrangée de même ? Mais où est-ce que tu es passée, on dirait que tu t'es battue.

Blanche ne répond pas. Elle regarde ses pieds, cache ses mains derrière son dos.

— Réponds, tu t'es battue ? s'entête Rose-Délima.

— Non, c'est pas ça...

La jeune fille se referme. Sa mère a beau savoir qu'il ne faut pas s'acharner à lui tirer les vers du nez, son empressement naturel remonte sans contrôle. Elle respire.

— Blanche ? reprend doucement Rose-Délima.

— Oui ? répond Blanche sans regarder sa mère.

— Qu'est-ce qui s'est passé ?

— J'ai rien fait.

— Rien fait quoi ?

— Monsieur le curé m'a demandé de venir chercher le père pour s'occuper de tout. Moi, j'ai rien fait, répète Blanche.

— Je te crois. Mais pourquoi le curé Couture veut voir ton père ?

— Pour l'aider avec la petite Fournier.

— Éliane ? s'inquiète Rose-Délima.

— Non, Léa.

Sur le point de perdre son calme, Rose-Délima empoigne une branche qu'elle casse en brindilles. Ce geste lui donne de la contenance, lui permet de garder sa sérénité afin d'interroger Blanche. Elle fait germer la patience qu'elle ne cultive pas suffisamment.

— Y se passe quoi avec la petite Léa ?

— Est morte.

Le coup porté la plie en deux. L'enfant dans son ventre cherche à s'élancer, à percer les muscles qui le retiennent. Au même moment, une image apparaît à Rose-Délima. Une image horrible où le corps éventré de la petite Léa gît dans un endroit à peine éclairé. Sur les murs, son sang dessine un visage familier, assassin. Il lui vient alors une odeur de sucre bouilli, mêlée à un arôme d'érable.

Rose-Délima relève la tête, voit le malaise de sa fille. Du coin de l'œil, elle perçoit la silhouette de son fils Antonio, puis perd connaissance.

CHAPITRE IV

Thérèse Fournier est une femme pragmatique. Comme saint Thomas, elle croit ce qu'elle voit. Si ses voisines aiment inventer des histoires mettant en scène des esprits, narrer à plus soif des récits où les fantômes viennent se frotter aux vivants, elle ne jure de son côté que par la réalité que ses sens donnent à voir, à entendre, à sentir et à palper. Le Bon Dieu lui a fait don d'un esprit clair et elle renie toutes fausses croyances qui ne sont à ses yeux que des balivernes pour faire passer le temps. Thérèse Fournier n'a pas de temps à perdre. Elle a une famille à nourrir, une maison à entretenir et doit effectuer tous les travaux que la belle saison amène avec elle.

Debout dans son potager, elle prend une pause pour respirer. La touffeur de la terre qu'elle travaille lui monte au visage et lui fait perdre haleine. Le sol est saturé du soleil de l'après-midi, et même si les heures s'étirent pour laisser place à la fraîcheur du soir, il s'en dégage une chaleur asphyxiante. Au loin, une ombre passe. La paysanne plisse les yeux. Elle a cru voir un enfant courir puis disparaître. Les vapeurs qui flottent sur la plaine lui jouent des tours. Il fait encore chaud, Thérèse a soif, un mirage s'amuse avec elle. Son corps se remet au travail, pour se protéger de ses visions. La bêche s'enfonce dans les mottes de mauvaises herbes qui encombrent les rangs droits où les graines semées tardent à germer. L'eau se fait rare. Les légumes en subissent le contrecoup et hésitent à sortir du sol. Malgré la sécheresse, les plantes nuisibles s'emparent de l'espace. Il faut donc bêcher, désherber, faire place à ce qui finira dans les assiettes de la famille Fournier. Du moins, elle l'espère.

Cette fois l'ombre se rapproche, Thérèse en est convaincue. Elle perçoit, dans le coin de son champ de vision, une personne s'avancer vers elle. Elle relève la tête pour voir qui cela peut être, mais encore une fois, le vide du paysage lui répond. Doucement, mais sûrement, le doute la gagne. Un sentiment étrange, particulier, un sentiment qu'elle a rarement ressenti auparavant, s'immisce dans son ventre. Dans ses tripes, une vibration, une vague prend naissance. Comme les blés légèrement secoués par le vent, comme la surface d'un lac qu'une brise fait onduler, une secousse la parcourt, cherche à se loger au creux de son estomac et pousse son cœur à s'envoler dans une chevauchée effrénée.

Cette angoisse subite et passagère ne suffit pas à perturber Thérèse. Un frisson de fatigue ne lui fera pas craindre le pire. Elle est plus forte que des fantasmes. Pourtant, la bêche lui échappe des mains quand, pour une seconde fois, la vague remonte de son ventre. Quelqu'un vient tout juste de passer derrière elle. Elle jurerait qu'une main lui a effleuré les cheveux, qu'on lui a doucement tiré la longue tresse nouée qui pend dans son dos. Elle ne se retourne pas, reprend son instrument de travail et revient à son jardin.

— À quoi bon s'angoisser avec des chimères, se dit-elle.

Son esprit reste de marbre, refusant d'admettre l'inadmissible. Seul Dieu est invisible et pourquoi s'amuserait-il à jouer avec elle ? Son cœur peut bien s'emballer, elle ne laissera pas sa tête chavirer. Thérèse Fournier est imperturbable. Toutefois, elle demeure aux aguets, l'ouïe tendue à la recherche du moindre bruissement pouvant trahir la présence réelle d'un être humain. On se joue d'elle. Elle entend au loin le cri des enfants qui se tiraillent. Oui, ce doit être eux qui s'amusent à un nouveau jeu pour se moquer de son impatience.

Thérèse sourit. Bien que pragmatique, elle cultive un amour inconditionnel pour ses enfants, leurs rêveries et leurs espiègleries. Elle est une femme de principe qui valorise l'ouvrage à la détente, pourtant elle ne peut se résoudre à faire travailler sa petite famille. Elle prend plaisir à regarder leurs divertissements, à écouter leurs rires. Heureusement que son mari discipline sa bande, car ils auraient tôt fait de ressembler à de jeunes loups.

À cette pensée, un pincement la tiraille.

– Et si quelque chose leur était arrivé ?

Elle secoue sa tête, faisant voguer sa longue natte. Voilà les bêtes idées qu'une journée trop chaude de juin fait valser. Tiens, se dit-elle, on dirait une fillette, juste là. Elle se redresse et voit à quelques pas une ombre, ni tout à fait réelle, ni tout à fait inventée. Thérèse hésite, cligne des yeux. L'ombre est encore présente. Elle tend la main et la silhouette disparaît.

Sur la route, deux hommes s'avancent vers sa maison. En plissant les paupières, elle reconnaît le curé Couture et son bedeau. Que font ces hommes ici ? Que lui veulent-ils ? Pour se donner une contenance, elle essuie ses mains moites d'émotion sur le tablier qui recouvre sa robe pâle. Au moment où elle esquisse un mouvement pour rejoindre les visiteurs, l'enfant apparaît de nouveau devant elle. Tandis que le curé et Lorenzo Tanguay coupent à travers le champ, la femme voit courir une fillette menue et frêle, une expression angélique collée au visage. Il se passe quelque chose. Son imagination part en furie. Elle s'invente le pire. Elle ne voit plus les hommes qui la regardent, gênés. Elle ne voit que l'enfant. Au premier mot du curé, l'apparition s'évanouit.

— Madame Fournier, votre mari est-il à la maison? questionne Damase, gêné.

— Non, il est au bois, répond plus durement qu'elle ne le voudrait Thérèse Fournier. Je l'attends pas avant tard ce soir.

— Faudrait aller le chercher, suggère le curé.

— Pourquoi? demande Thérèse toujours sur la défensive.

Le curé Damase, mal à l'aise, se tourne vers le bedeau. Lorenzo se racle la gorge.

— Thérèse... On a une mauvaise nouvelle à t'annoncer, dit Lorenzo, hésitant. C'est pas facile.

— Parle, Lorenzo, je sais bien que t'es pas venu ici avec monsieur le curé pour m'annoncer que la pluie se fait attendre.

Lorenzo respire, porte son regard au loin, tandis que le curé se tord les mains.

— Il aurait été préférable que votre mari vous accompagne, insiste Damase.

— Sauf votre respect monsieur le Curé, il est pas là pour le moment et je sais pas quand il va revenir, rétorque sèchement Thérèse.

Les deux hommes se taisent toujours.

— Vous allez pas me laisser comme ça sans rien dire. Vous venez chez moi avec vos têtes d'enterrement, continue Thérèse, et il faudrait que j'attende que mon Vilmer revienne pour savoir ce qui vous tourmente. Je pense pas que ce soit très chrétien de votre part.

Le ton de Thérèse camoufle mal son agressivité. On dirait un boxeur qui entre dans l'arène avec l'énergie du désespoir. Si le curé et le bedeau avaient le courage de la regarder dans les yeux, ils sauraient qu'elle a déjà abdiqué devant le destin et qu'elle n'attend que le pire de leurs bouches qui demeurent closes.

— Lorenzo, parle, attends pas que je me fâche, ordonne Thérèse.

— Thérèse, viens t'asseoir dans la cuisine, on va jaser, lui répond Lorenzo en tentant de l'amadouer.

À ces mots, il s'approche pour lui prendre le bras. Féline, elle esquisse un pas de côté.

— Si vous êtes venus pour me faire perdre mon temps, c'est fait. Maintenant, allez-vous vous décider à me dire ce qui se passe? Ma chopine de patience va déborder.

— Madame Fournier, s'il vous plaît, gardez votre calme, murmure Damase.

Le regard noir, Thérèse dévisage Damase. Lorenzo, sentant la sauce coller, s'interpose entre les deux.

— Thérèse, il est arrivé malheur à ta Léa, lance d'un trait Lorenzo.

Oubliant le curé, elle se tourne vers le bedeau.

— On a retrouvé son corps dans votre cabane à sucre. On sait pas encore ce qui a pu arriver, continue Lorenzo. On pense qu'elle aurait été attaquée par un animal sauvage.

— Est où? demande Thérèse presque suppliante.

— On l'a ramenée au presbytère, lui répond Lorenzo.

— Morte?

Lorenzo baisse la tête.

— Je veux la voir.

— Je pense que ce serait mieux que tu attendes Vilmer, suggère Lorenzo.

Sans tenir compte de cette dernière remarque, elle se dirige d'un pas décidé vers sa maison.

— Arthur! Arthur! crie-t-elle à pleins poumons.

Arrive un garçon d'une douzaine d'années, élancé, aux bras qui s'éternisent le long de son corps.

— Arthur, va chercher Vilmer. Dis-lui de revenir, c'est urgent. Dis-lui de se rendre au presbytère, je l'attends là-bas, ordonne Thérèse à son garçon en dénouant le tablier qui lui ceint la taille.

— Que se passe-t-il, maman ? répond l'enfant.

— Cours chercher ton père, répète-t-elle.

Arthur regarde sa mère, hésite. Il ne l'a jamais vue ainsi. Il cherche dans ses yeux une trace de sa présence. Il ne la voit pas. Son corps se dresse devant lui, mais sa mère a disparu. Il ne reste qu'une femme amère et colérique. Tout ce qu'il entrevoit encore de celle qui fut sa maman est un cœur rempli de souffrance.

— Cours ! crie Thérèse.

L'enfant s'élance tandis que Thérèse se retourne vers les deux hommes.

— Allons-y.

En silence, ils empruntent la route du village. Thérèse, le corps tendu, la tête haute, ouvre le chemin. Aucune larme, aucun geste ne trahit l'émotion qui l'habite. Ils avancent rapidement. Autour, la nature en respect se tient coite. La route est longue, personne ne parle.

En entrant dans le presbytère, Thérèse se dirige instinctivement vers le fond du salon. Dans la pénombre, sur une table dure et noire, le corps de sa fille gît, immobile. La mère ralentit le pas soutenu qui l'a menée jusqu'à ce lieu vide et froid. Léa ne bouge pas. Léa ne bougera jamais plus. Pourtant Thérèse s'avance doucement, dans la crainte de réveiller sa fille, son bébé à elle.

Le temps se contorsionne, déforme la réalité au passage. Entre la femme et la table, un univers s'étend, s'érige en éternité. Chaque pas qui la rapproche de son enfant lui dévoile tous les autres qu'il lui reste à franchir. Et elle glisse un pied, et elle glisse l'autre. Elle perpétue son mouvement dans l'éternel recommencement qui se dresse devant elle. Thérèse ne se laisse pas abattre par cette immensité. Elle chemine, fixant son attention sur le visage indemne, sur le sourire radieux de sa cadette. Son enfant lui donne la force de continuer.

Au moment où Thérèse rejoint la table, la porte s'ouvre derrière elle. Entre son mari Vilmer. Elle ne se retourne pas. Elle ne réagit pas non plus lorsque son époux crie le nom de Léa d'une voix rauque, déchirée. Elle laisse ses yeux se promener sur le visage, les mains et les épaules de son enfant tout en évitant sciemment le ventre béant, dégoulinant des entrailles de la fillette. Malgré le drap qui camoufle l'image de la mort, on devine par les creux et les protubérances du tissu que le corps n'est pas intact. Puis, un coin à peine relevé donne à voir un bout de tripe qui pend de l'abdomen éventré. Pour Thérèse n'existe que le sourire radieux de sa Léa. Elle s'y accroche pour ne pas tomber, pour ne pas sombrer dans la part d'ombre qui hurle dans sa tête, les bruits de l'enfer et du désespoir. Elle lutte pour ne pas laisser le froid envahir son corps et lui brûler le cœur. Elle refuse de laisser sa pensée s'engourdir et la rendre monstrueuse, animale. Elle lutte quand soudain la main de Vilmer sur son épaule lui donne le courage de détourner les yeux, de lever la tête. Elle respire profondément.

Tranquille et solitaire, Vilmer est un homme qui se tient debout dans la tourmente. Il perçoit la tempête qui secoue sa femme. Lui-même ne reste pas insensible vis-à-vis de ce tableau. Sa fille. Sa fille si douce, si câline. Pourquoi? Il sait que l'heure n'est pas aux questions. Il garde la main près de la nuque de sa femme. Lui aussi respire profondément.

– Thérèse? murmure doucement Vilmer.

– ...

– Thérèse, tu te fais du mal. Viens, Lorenzo va m'aider, on va la ramener à maison.

– Je veux pas... tente de répondre Thérèse.

– Tu veux pas quoi? l'encourage son mari d'une voix tranquille.

– ...

– Thérèse, tu veux pas quoi ? insiste Vilmer.

– Je veux pas que les enfants la voient dans cet état. Je veux dire... hésite Thérèse. Je veux pas...

– Vous en faites pas, je vais m'en occuper.

La voix qui surgit derrière eux surprend les époux et les ramène dans la réalité de l'instant. Cette belle voix chaude et grave est celle d'Aurel Labonté ; elle retentit dans la pièce et y amène une étrange paix. Oui, elle offre du réconfort en ce moment de souffrance.

– Je vais m'occuper de la ramener pour que votre famille puisse lui rendre un dernier hommage. L'hommage qui lui est dû.

L'homme se tient debout, le chapeau à la main, de grosses perles de sueur ruisselant sur son front. Les pieds plantés dans le sol à largeur des épaules carrées et robustes, il semble inébranlable. Il se tient là, discret et pourtant si plein de lui-même. Sa présence au presbytère sort de l'ordinaire, mais dans le tourment qui occupe les âmes et les esprits personne n'ose lui demander ce qui le conduit en ce lieu. Aurel Labonté n'est pas reconnu au village pour être une grenouille de béni-tier. Il a fait sa richesse aux États-Unis durant les dernières années. Il est de retour à Sainte-Clarisse depuis quelques mois et raconte à qui veut l'entendre comment il est devenu riche, bien qu'il vive dans la maison la plus rabougrie des environs. Il est vrai qu'on ne le voit jamais travailler, sinon manigan-cer à gauche et à droite avec tout un chacun sous prétexte d'établir des contacts pour son entreprise. Une entreprise de quoi ? Personne ne saurait répondre, mais comme il a une belle prestance et beaucoup d'argent, les villageois l'écoutent et discutent avec lui pour ne pas se le mettre à dos. Ce n'est jamais bon d'avoir le pouvoir contre soi.

– Je vais lui trouver des vêtements propres, continue Aurel, je vais l'arranger. Votre fille n'aura jamais été aussi belle.

Thérèse le regarde. Dans ses yeux la rage déborde, dégou-
line sur ses joues et emplit sa bouche. Une colère immense,
incontrôlable, vrille son cœur. Elle doit la déverser sur
quelque chose, sur quelqu'un. Les paroles d'Aurel ouvrent la
digue qui retient l'amertume. Elle empoigne le drap qui cache
sa fille et l'arrache d'un geste brusque, mettant à jour sang et
viscères.

— Et ça ? Vous allez faire quoi avec ça ?

Le ton est hargneux.

— Thérèse... tente de l'apaiser Vilmer en lui prenant le
bras.

— Lâche-moi.

Vilmer n'arrive pas à calmer sa femme. Il ne comprend
pas cette violence soudaine envers l'homme qui leur tend
la main dans la noirceur de leur souffrance. Il ne comprend
pas la mort et l'horreur que celle-ci plaque sur tout ce qu'elle
touche.

Aurel s'avance vers la table où repose Léa. Il prend le drap
des mains de Thérèse qui le regarde méchamment. Elle gifle
l'homme qui encaisse sans ciller. Une seconde fois, elle lève le
bras, mais Aurel arrête son geste, lui saisissant délicatement
le poignet. Thérèse jette son désespoir dans le regard d'Aurel. Elle se noie dans le bleu de ses yeux. Sa rage se liquéfie,
s'écoule de son corps. Elle pleure.

Aurel remet soigneusement le drap sur la dépouille.

— Je vais m'en occuper. Rentrez chez vous pour pleurer
votre fille. Lorenzo va me donner un coup de main pour vous
la ramener. Oui, il faut retourner à la maison, il se fait tard,
vos enfants vont s'inquiéter.

Vilmer s'approche de son épouse, passe ses bras autour de
ses épaules devenues petites et fragiles.

— Viens, ma Thérèse, Aurel a raison. Fais-lui confiance, il
va nous la ramener.

La femme se laisse traîner sans mot dire hors de la pièce. Il n'y reste que Lorenzo, le curé et Aurel qui se questionnent, qui cherchent à comprendre :

— Qu'est-ce qui s'est passé ? demande Aurel à la ronde.

— On sait pas, répond Lorenzo. Ma fille Blanche l'a retrouvée dans la cabane à sucre des Fournier à midi. On est allé la chercher, monsieur le curé et moi. Mon plus vieux nous a aidés à la ramener.

— Le ventre ouvert de même, ç'a pas dû être une mince affaire.

— Non, réplique Lorenzo sans plus d'explications.

Le ton froid de Lorenzo n'invite pas à la conversation.

Le silence qui tombe sur la pièce est lourd, palpable. Il fait courber les épaules des hommes, déjà fatigués par les épreuves de la journée. Damase vient le briser.

— Elle a conservé un sourire magnifique. On dirait un ange.

Les paroles, prononcées d'une voix criarde et vibrante d'émotion, font frissonner Aurel et Lorenzo. Le curé s'avance vers la table.

— Si vous le permettez, monsieur le curé, je vais chercher ma mère pour qu'elle arrange l'enfant, suggère Aurel Labonté. Lorenzo, va demander à ta femme si elle aurait une robe pour la petite. Une belle robe. Je te la rembourserai. Monsieur le curé, vous allez rester ici ?

Damase, à moitié perdu dans les vapeurs de l'extase, se rapproche de Léa. Appuyé sur un meuble près de la tête de l'enfant, il s'empare d'une mèche de cheveux et la frotte discrètement entre son pouce et son index.

— Monsieur le curé ? répète Aurel.

— Oui, oui. Je vais rester ici à vous attendre.

— Tout va bien ? demande Lorenzo à Damase.

Le comportement de Damase inquiète Lorenzo. Il sait que la découverte de l'horrible scène a ébranlé le curé.

Sans qu'il n'ose l'avouer, depuis quelque temps, Lorenzo le trouve différent. Voilà deux fois qu'il surprend le curé à se parler à voix haute. À discourir à propos de laisser une marque. Quelle marque ? Lorenzo le sent plus impatient, plus prompt. On dirait que Damase est toujours sur le point d'exploser. À quelques reprises ces dernières semaines, le bedeau a vu le curé piquer des colères d'une rare violence, sans jamais en comprendre la raison. Chaque fois qu'il a tenté d'en discuter avec lui, Damase le regardait, les yeux vides, ne comprenant pas de quoi il lui parlait. Comme s'il avait tout oublié.

Mais Lorenzo délaisse ces pensées. Lui aussi a été fortement secoué par la vision de Léa. Il en oublie ses inquiétudes par rapport à son ami le curé.

— Ne t'en fais pas mon bon Lorenzo, répond Damase, tout va bien. J'ai un léger coup de chaleur, mais je vais m'asseoir et attendre votre retour.

Les deux villageois rentrent donc chacun chez soi. Aurel part chercher sa mère tandis que Lorenzo s'en va chez lui pour rapporter la robe demandée. Le vieil homme et l'enfant restent seuls.

Damase place une chaise près de la table. Il s'installe auprès de Léa, à sa tête, et contemple son visage. Il se repaît de la sublime expression, du sourire extatique que garde la fillette. En fait, le curé Couture s'émeut de cette si parfaite beauté. La chaleur, le bouleversement, la fatigue et la maladie font chavirer le cœur du pauvre homme.

— Un ange. Oui, voilà un ange.

Cette idée s'immisce dans la conscience fatiguée du curé, s'infiltre insidieusement. La voilà qui prolonge son fantasme de cimetière et de postérité. Cette mort ne survient pas par hasard. Elle doit vouloir dire quelque chose. Peut-être sert-elle à concrétiser le dessein qu'il s'est fixé avant de mourir.

Et si derrière cette tragédie on devait lire le vœu du destin, le désir de Dieu, en accord avec celui de l'homme ?

– Elle est si belle, si pure. Elle est celle qui inaugurera le nouveau cimetière. Il n'en peut être autrement.

La main de Damase se remet à caresser une mèche de l'enfant. Il roule entre ses doigts les longs fils soyeux, effleurant du pouce ceux qui dépassent. Ce geste calme son cœur qui ne cesse de palpiter depuis la découverte macabre. Installé ainsi, dans la douceur du début de soirée, il oublie que les cheveux qu'il manipule sont ceux d'une morte. Il ne pense qu'à son projet, laissant son esprit vagabonder à travers les images du village afin de trouver l'endroit idéal. Damase reprend son discours à voix basse.

– Il faudrait un lieu calme, paisible. Un lieu beau comme ton sourire. Près de la rivière, mais pas trop. À l'entrée, on pourrait ériger la statue d'un ange. Oui, un ange... en ton honneur. Une statue si belle que les gens n'auraient d'autre choix que de laisser leur cœur vibrer au diapason de Dieu. Près de l'eau, de la rivière. Oui, mais pas trop.

Tout à ses pensées, il ne s'aperçoit pas que Berthe Labonté, la mère d'Aurel, vient de pénétrer dans la pièce de son petit pas léger. Debout, non loin du curé, elle observe la scène surréelle d'un vieillard caressant les cheveux d'une enfant, lui chuchotant des paroles inaudibles, la berçant de sa voix grinçante. Elle qui a vu naître et mourir plus d'une fois dans sa vie – elle est l'accoucheuse du village ; parfois même on vient la chercher des villages éloignés tant sa renommée est grande et pas seulement pour les accouchements – reste émue devant ce savant mélange de beauté et d'horreur.

– Maman, je dépose vos choses à quel endroit ?

L'arrivée d'Aurel fait sursauter Damase. Berthe se retourne vers son fils.

– Dépose le tout ici, près d'elle.

Aurel s'avance. Damase se lève pour lui laisser la place, chancelle, épuisé. Voyant le vieil homme vaciller, Aurel s'approche en demandant :

— Vous allez bien ?

— Oui, oui. La fatigue de la journée se fait sentir. Je ne suis plus tout jeune, dit Damase en esquissant un sourire.

— Vous devriez aller vous reposer, suggère Berthe.

Le curé se tourne vers la sage-femme.

— Si vous le permettez, madame Labonté, je me retirerais effectivement, acquiesce Damase.

— Faites à votre guise, monsieur le curé.

— Avez-vous besoin de quelque chose avant que je ne m'en aille ? s'enquiert Damase sur le pas de la porte.

— J'ai apporté tout ce dont j'ai besoin. Cependant, si je pouvais avoir un peu d'eau, ajoute Berthe après réflexion.

— De l'eau ?

— Pour la laver.

— Ah oui ! de l'eau. Je vais vous en trouver. Excusez-moi, ma gouvernante est en congé. Aurel, voulez-vous m'accompagner ? Vous la rapporterez à votre mère. Madame, merci pour votre aide et bonne soirée... Enfin, aussi bonne que les circonstances le permettent.

Sans attendre de réponse, Damase quitte la pièce suivi d'Aurel.

— Le pauvre homme est malade. Je serais pas surprise d'assister à ses funérailles sous peu, songe Berthe à haute voix. Quel étrange personnage !

Elle se retourne vers le corps de Léa, le regarde longuement. Elle soulève le drap qui camoufle le désastre, contemple l'abdomen sans dégoût ni crainte. Son expérience avec la mort lui indique que le ventre a été déchiré, probablement à coups de dents, mais pas uniquement. Elle remarque des cisaillements, comme le ravage d'une lame terriblement émoussée, mais elle n'en est pas certaine. On dirait une mise en scène. À bien regarder, elle distingue autour du cou une légère ligne bleutée, comme une chaîne que l'on aurait arrachée. Cela l'intrigue. Quelle bête a bien pu laisser ce genre de marque ? Elle ne veut pas le savoir. Ce n'est ni sa place ni son rôle. Ses mains se mettent au travail. Elle pose des gestes sûrs, aguerris.

Aurel revient avec une bassine d'eau. En silence, il la dépose sur la chaise qu'occupait le curé, un peu plus tôt, à l'extrémité de la table. Berthe continue son labeur sous le regard médusé de son fils. Inutile, il reste les bras ballants au centre de la pièce, avec, figé sur sa bouche, un curieux rictus dévoilant son malaise.

— Avez-vous besoin de moi ? demande le fils à sa mère. Je me sens de trop ici... J'irais fumer à place.

— Vas-y, lui répond Berthe sans se retourner. Quand j'aurai terminé, je te préviendrai.

Aurel, soulagé, quitte la pièce. En moins de temps qu'il n'en faut pour délivrer une parturiente, l'accoucheuse redonne une forme humaine au corps de Léa. Dans sa nudité, on voit les traces laissées par la violence de ce qu'il lui est arrivé. La femme, une fois le travail terminé, se recule pour contempler son œuvre.

— Il faudra pas tarder à la mettre en terre, marmonne-t-elle. La chaleur a attaqué les chairs. Bientôt, elle ne sentira pas très bon.

Berthe se dirige vers la porte pour prévenir son fils. Il entre avant qu'elle ne l'ait atteinte.

— J'ai fini, annonce Berthe à Aurel. Faudrait prévenir les parents que les funérailles devront avoir lieu rapidement. La température actuelle permettra pas de la veiller longtemps.

— Je leur en parlerai ce soir, lui répond Aurel. Je vais leur ramener leur fille pour qu'ils puissent au moins la veiller cette nuit.

Sur ces entrefaites, Lorenzo frappe doucement au cadre de la porte.

– Voilà, j'ai apporté la robe, dit le bedeau en s'avançant. Désolé d'avoir mis tant de temps, ma femme a eu un malaise cet après-midi pendant que j'étais ici.

– Tu veux que j'aille la voir ? s'inquiète Berthe.

– Merci Berthe, ça va. C'est un coup de chaleur. Avec la grossesse, c'est pas facile. L'été la malmène. Elle se repose, ça devrait aller mieux.

– Elle est grosse de combien de mois ?

– Elle a un peu plus de six mois de faits. On attend le bébé pour septembre.

– Enceinte par un pareil été, la pauvre, je lui souhaite un peu de pluie.

– Moi aussi. Je nous en souhaite à tous.

Berthe prend la robe des mains de Lorenzo. Pudique, il se retourne. Accablé par le même embarras, Aurel se trouve un prétexte pour quitter le lieu.

– Pendant que vous l'habillez, annonce Aurel, je vais voir le curé pour la messe de lundi. Lorenzo, tu restes ici, j'aurai besoin de toi pour mettre la petite dans l'auto. J'irai te reconduire en passant.

– Pas de trouble, dit Lorenzo en se raclant la gorge de malaise. Ma Rose-Délima va être contente de me voir revenir pas trop tard.

La robe, d'un rose clair, dévoile le magnifique teint hâlé de l'enfant. Ainsi vêtue, Léa semble dormir, grisée par des rêves qui la font sourire. Les deux adultes ne peuvent se détourner de sa beauté, de la paix qui émane de ses traits. Lorenzo laisse sortir les mots qui lui montent aux lèvres.

– Quel gâchis ! Une belle fille comme ça et tellement jeune. Je me demande quelle bête a bien pu la laisser dans cet état.

– Ou alors qui, suggère Berthe.

— Vous pensez que quelqu'un peut être en cause ? demande, incrédule, Lorenzo. J'ai de la misère à l'imaginer. Vous auriez dû voir la cabane à sucre où on l'a retrouvée. La sauvagerie, la violence se lisaient partout sur les murs.

— Je sais pas Lorenzo, hésite Berthe. Je peux te dire que cette enfant-là a plus de foie. À part ça, tout semble y être. C'est une drôle de bête qui a dû l'attaquer. Une bête affamée, et encore. J'ai rarement vu des blessures de ce genre.

— Pensez-vous qu'il pourrait s'agir d'un loup ?

— Peut-être. Je sais pas. Je suis pas une experte.

Les pas solides d'Aurel se font entendre. Il a la démarche dynamique, assurée.

— C'est arrangé avec monsieur le curé, confirme Aurel en rentrant. Lorenzo, tu me donnes un coup de main ?

Lorenzo opine du bonnet. Berthe laisse la place aux deux hommes.

— Faites attention, dit Berthe, faudrait pas que ça rouvre en chemin.

— Oui, maman, on va en prendre soin.

Ils soulèvent délicatement le corps et le transportent jusqu'au véhicule d'Aurel.

— On la met où ? demande Lorenzo, incommodé par la rigidité qui prend lentement possession des membres.

— On va la coucher sur le siège arrière, lui répond Aurel.

Le seul à posséder une automobile au village, dans tous les villages avoisinants, voire dans toute la région, c'est Aurel. Une voiture, ça prouve la richesse d'un homme. Personne ne comprend pourquoi, alors, il vit dans la maison de sa mère à l'extrémité du village et pourquoi il ne s'est pas encore fait construire une demeure plus appropriée à son rang. Non, il habite toujours sur le petit lopin pas très fertile de son enfance. Un lopin qu'il a quitté à l'âge de 17 ans. On l'a vu revenir au printemps dernier dans sa voiture rutilante. D'aucuns disent qu'il a fait fortune avec la contrebande d'alcool. Les rumeurs circulent, propageant à la ronde qu'il se serait lié avec les magnats de la pègre américaine de Chicago et de New York. Avec la fin de la prohibition, le trafic d'alcool s'est arrêté, aussi Aurel a cru bon revenir au village faire fructifier son argent. On dit également qu'il n'aurait pas les mains nettes et que pour faire sa place, il aurait eu à éliminer la concurrence. Ce sont des rumeurs et personne ne sait si elles sont vraies. Aurel parle peu et n'a rien démenti. Il n'a rien confirmé non plus. Il se contente de se taire ou alors de décrire la beauté des grandes villes du sud et le sens des affaires des Américains.

À l'idée de s'asseoir dans le véhicule, Lorenzo vit un grand moment. Malgré le cadavre de Léa qui lui paraît lourd et désagréable au toucher, il s'anime comme un enfant à imaginer faire un tour de machine pour la première fois. Et pas n'importe laquelle : Aurel roule dans une McLaughlin-Buick 1935, le modèle dans lequel monseigneur le cardinal Jean-Marie-Rodrigue Villeneuve lui-même se déplace. Rendu à la voiture, Lorenzo hésite, gêné. Aurel s'en rend bien compte.

– Monte, je vais aller te mener, lui lance Aurel de derrière le volant.

– Je voudrais pas déranger. Je suis pas propre, propre, rougit Lorenzo.

– Lorenzo, laisse faire ça, veux-tu. Ta femme t'attend, elle a besoin de toi. Ça va aller plus vite en auto.

– Si ça cause pas de trouble...

– Envoye, monte, lance Aurel, on part !

Les deux hommes cheminent en silence. Aurel laisse Lorenzo devant sa maison sous les regards ébahis de son clan, puis continue son chemin jusque chez les Fournier qui l'attendent dans la cuisine. Thérèse prépare le salon, y installe la table à manger sans un mot. Ses gestes témoignent de son contrôle, de sa retenue. Comme une digue laissant couler un mince filet d'eau, elle ménage son énergie. Elle fonctionne comme un automate, sans plus. Tranquillement, les voisins informés du drame afflueront pour voir dans quel état elle se trouve, mais surtout pour rendre leur dernier hommage à la fillette. Aidé de Vilmer, Aurel sort le corps de la voiture et vient le déposer délicatement sur la table de la cuisine. Debout, ils regardent Léa en silence. Thérèse se tient à l'arrière, à distance. Elle déplace des objets d'un bord et de l'autre de la cuisine. Elle occupe ses mains, espérant ainsi étourdir son esprit. Vilmer tousse un peu, ne sait pas quoi dire.

— Merci, finit-il par bredouiller.

— Y a pas de quoi, ose Aurel, gêné.

Le silence retombe. Les deux hommes restent immobiles, épaule contre épaule.

— Tu me ramènes une belle fille, dit fièrement Vilmer. Léa, c'est ma plus belle.

— Elle est très belle, admet Aurel.

Embarrassés, les deux hommes ne savent plus quelle parole enchaîner. Aurel voudrait parler de la suite des choses, des funérailles et de la mise en terre, mais il craint la réaction de Vilmer.

— Pour l'enterrement... débute Aurel.

— Oui ? réplique Vilmer sans attendre.

— Faudrait faire vite. Avec cette chaleur, elle tardera pas à sentir. J'en ai parlé au curé et il serait prêt à célébrer l'office lundi.

Le cœur de Vilmer fait un bond.

— Lundi ! lance-t-il surpris. Encore à matin elle était là, avec nous autres. Elle riait, elle chantait. Elle est partie aux petits fruits de bonne heure. Elle voulait que Thérèse lui fasse de la confiture. Voilà que tu nous la ramènes, habillée d'une robe qu'on lui connaît pas, pis avec ce sourire... Lundi, il faudrait qu'on lui dise adieu pour de bon ? Je sais pas. Vraiment, je sais pas.

— Je veux pas vous faire souffrir davantage en vous parlant de ça, s'excuse Aurel, c'est juste qu'il fait tellement chaud. Ma mère a dit que ce serait préférable. L'état du... de votre fille permet pas d'attendre. Avec la température qui reste suffocante même la nuit, tarder risque de rendre les funérailles encore plus... dramatiques, explique Aurel.

— Lundi arrive vite, répète Vilmer.

Aurel attend une réponse. Le silence se fait lourd. Il se tourne vers Vilmer.

— Alors, je dis quoi à monsieur le curé ? demande Aurel.

Thérèse, qui n'a pas encore ouvert la bouche, interrompt son ouvrage et se tourne vers les deux hommes.

— On va l'enterrer lundi.

La voix froide de Thérèse, dénuée de sentiment, fait frissonner Aurel.

— Es-tu certaine, Thérèse, de vouloir faire ça aussi vite ? demande Vilmer à sa femme.

— Le mal est fait, Vilmer, rétorque Thérèse. Toi et moi n'y pouvons plus rien. À quoi ça sert d'éterniser la douleur de la voir là, immobile, se faner sous nos yeux ? Notre fille est morte. Enterrons-la et n'en parlons plus.

— Je vais prévenir le curé que vous célébrerez la messe lundi, propose Aurel. Si vous voulez, je peux revenir au matin la chercher.

— Non, c'est bon, lui dit Vilmer. On va s'arranger. On apprécie tout ce qui a été fait.

— Je vais vous laisser. Vilmer, Thérèse.

Depuis la fenêtre, le couple regarde l'automobile s'éloigner vers le soleil qui se couche.

*
**

Thérèse veille sur Léa toute la nuit. Pas une larme ne coule de ses yeux, pas un soupir ne s'échappe de sa bouche murée par la souffrance. Les gens affluent jusqu'à la fin de la nuit. La grand-mère restant à coucher pour s'occuper des enfants, Thérèse n'est là que pour Léa. Au matin, elle délaisse sa chaise pour aller s'habiller, se coiffer, se préparer pour la messe dominicale. Toute la maisonnée, contrairement à l'habitude, se lève dans le calme, discute à voix modérée, retenant les rires et les chahuts autrement quotidiens.

Quand tous sont prêts, ils s'installent dans la voiture à cheval qui s'ébranle vers le village. Thérèse se tait toujours. À l'église, le père de Vilmer, Pierre Fournier, les attend auprès d'un cercueil d'enfant.

— J'aurais voulu qu'il soit plus beau, soupire le vieil homme, moins brut, mais le temps m'a manqué.

— Il est correct, le beau-père. De toute façon, ajoute Thérèse pleine de cynisme, elle ne s'en rendra pas compte.

Les paroles de Thérèse, son ton glacial, provoquent un malaise. Sans attendre de réponse, elle s'éloigne de son mari et de son beau-père.

— Ta Thérèse m'a l'air mal amanchée, déclare le père de Vilmer à son fils.

— Elle souffre mais n'en parle pas, lui confie Vilmer. Quand elle ouvre la bouche, on dirait un glaçon. On dirait que rien ne peut plus l'atteindre. Je la reconnais plus.

— Ça va lui passer. Mais toi ? s'inquiète le père.

— Moi ? Je préfère ne pas y penser.

Les villageois arrivent pour la messe de dimanche. Bientôt, les bancs sont remplis. On chuchote, on murmure. On attend le curé Couture. Dehors, les cloches sonnent. Chacun se replace, se positionne plus confortablement. Partout, sur toutes les lèvres, les mêmes questions. «Qu'a-t-il pu arriver à la petite ? » «Qui a fait ça ? » Un loup, probablement. Avec une telle chaleur, les cours d'eau s'assèchent. Les animaux ont soif, ont faim, ils n'ont plus rien à perdre. Et puis qui oserait? Qui pourrait? Rien ne peut expliquer un tel geste.

Tandis que les éventails des femmes et les chapeaux des hommes se font aller pour rafraîchir l'atmosphère suffocante, le curé s'avance d'un pas fébrile. Il n'a pas dormi, repensant sans cesse à son idée de cimetière, son désir de consécration, avec le souvenir du visage de Léa dans son esprit troublé. Sa tête est épuisée d'avoir jonglé avec la vie, la mort, toute la nuit. Personne ne remarque son tourment quand il élève la voix. Personne ne le voit. Jamais personne ne se préoccupe de Damase Couture, et aujourd'hui encore moins. L'attention converge vers les Fournier. Évidemment, une ou deux oreilles attentives constatent que le ton criard de leur homme d'Église se fait encore plus agressant qu'à l'usuel, mais sans plus.

Damase parle, exalté, cherche à chaque instant le réconfort et l'assurance dans le souvenir du sourire de Léa. Ses mots s'envolent comme des gerbes que personne ne ramasse. Il continue son laïus, insouciant de ne pas être entendu. Quelque part, lui-même ne s'écoute pas.

— Demain, nous serons réunis pour une dernière fois autour de la petite Léa Fournier. Notre Seigneur nous a repris cette enfant, si belle, si pure, dans un geste d'une violence que nous ne comprenons pas. L'heure est à la douleur; nous tous ici réunis partageons la peine de la famille. Comme le cimetière actuel a atteint sa pleine capacité, Léa Fournier sera enterrée dans le nouvel emplacement. Léa reposera près de la rivière, sur le lot encore non exploité appartenant à la paroisse. Il est entendu...

Un murmure d'étonnement, puis de désapprobation, parcourt l'assemblée. Parle-t-il de la terre en face du rang du Moulin? De celle qui s'inonde au printemps à la fonte des neiges, à chaque grosse pluie d'été, sauf cet été évidemment?

Mais à quoi pense le curé? Il devient fou. Damase se racle la gorge pour ramener le silence.

— Il est entendu que la concession servira dès demain de nouveau cimetière.

Une voix, faible mais ferme, s'élève: Aurel.

— Mais, au printemps, la terre prend l'eau.

Damase feint de ne pas entendre. Il reprend, plus pour lui que pour l'assemblée:

— Une statue sera érigée à l'entrée du cimetière pour nous rappeler la beauté, la jeunesse, la pureté de la petite Fournier.

Aurel ne se laisse pas impressionner par l'attitude du curé. Il est habitué qu'on l'ignore. Il continue et questionne:

— On fera quoi lors des fontes ou des pluies?

— Nous en ferons un lieu de recueillement, poursuit toujours Damase.

Faisant fi des questions et des protestations, le curé continue sa messe. Des voix ne cessent de s'élever, d'exiger que le curé revienne sur sa décision, mais il n'en tient pas compte et commence l'eucharistie. Aurel clame son opposition jusqu'à la fin de la cérémonie, malgré l'obstination du curé, malgré le retour au silence des autres. L'office se termine dans un mélange d'incrédulité et de malaise, comme si l'assistance se sentait prise entre l'arbre et l'écorce, entre la foi et le bon sens. La plupart des villageois seraient prêts à oublier l'incident si le curé excentrique revenait sur sa décision, mais il disparaît dans ses quartiers, laissant ses ouailles stupéfaites.

Sur le perron de l'église, la foule se rassemble. En considération pour les Fournier qui se retirent et rentrent chez eux pour cuver leur malheur, le ton reste calme. À cause de la chaleur étouffante, le trou sera creusé ce soir au nouvel emplacement, selon les vœux du curé. Lorenzo le confirme quand on lui pose la question.

— Ce sont les consignes que j'ai reçues, annonce Lorenzo aux hommes assemblés.

— Mais Lorenzo, tu sais comme moi que ce lopin-là est inondé tous les printemps ou presque, insiste Aurel.

— Je peux pas dire, Aurel. De toute façon, c'est pas à moi qu'il faut en parler. Mieux vaut s'adresser à monsieur le curé ou à monsieur le maire. Je suis qu'une paire de bras à leur service. Peut-être qu'il le sait pas, suggère Lorenzo ; il est pas d'ici après tout.

— Depuis le temps qu'il vit parmi nous, s'emporte Aurel, il devrait le savoir.

La belle voix d'Aurel soulève l'ire des autres paroissiens réunis. Chacun y va de son commentaire. Mais ceux que l'on entend surtout, ce sont les trois pies du village : Adéodat Vachon, Maurice Garant et Narcisse Moore, les plus vilaines langues de la région.

— S'il s'était lié à nous autres, crache Maurice Garant, il saurait que cette terre-là est bonne à rien. Il saurait que son cimetière, il devrait le mettre ailleurs.

— S'il ne passait pas son temps dans ses livres et ses mots, continue Narcisse Moore, il n'aurait pas eu une idée aussi fantasque.

— On ne va quand même pas le laisser faire ? s'exclame Adéodat Vachon en reculant d'un pas, déjà prêt à s'enfuir.

Les répliques fusent tout autour de Lorenzo, chacun le prenant à témoin, chacun connaissant le lien qui unit les deux hommes. Acculé, le bedeau n'ose plus bouger ni parler. Une colère gronde et l'encercle, pleine de l'horreur de l'événement. Elle se nourrit de la jalousie enfouie dans le cœur des hommes. Tous s'imaginent que leur curé a une vie belle et facile. Cette idée génère de la frustration, d'autant plus en ces temps de sècheresse. La dureté du labeur, la pauvreté, la faim, voilà tout ce qu'un prêtre de campagne n'a pas à subir, en étant soigné par une servante qui lui prépare de bons petits plats. Si seulement ils savaient dans quelle austérité évolue leur curé, peut-être lui pardonneraient-ils, mais ils ne le savent pas. Personne, jamais, ne lui rend visite. Le désert, Damase y a vécu toute sa vie, seul entouré de vent et de sable. Sa mère y a veillé, elle voulait qu'il ne soit à personne d'autre qu'elle. Il n'a jamais su vivre autrement qu'en cultivant la sécheresse.

Satisfait d'avoir ouvert la valve à tant d'émotions, mais avant que l'affaire dégénère et nuise à Lorenzo, Aurel reprend la parole ainsi que la maîtrise de la situation.

– C'est bon, j'irai lui parler ce soir.

CHAPITRE V

Debout à son bureau, Damase soulève les papiers le recouvrant, déplace son désordre de droite à gauche, puis de gauche à droite, dans une succession de gestes saccadés.

— Il me semble que je l'ai vu dernièrement.

Ce qui devrait l'irriter normalement lui procure à cette heure une joie enfantine égale à celle d'un garçon à la poursuite d'un coffre au trésor.

— Voilà ! Je savais que je l'avais aperçu sur mon bureau hier.

Le bout de papier qu'il tient entre ses doigts fins à la peau lisse – doigts qui n'ont jamais manié des outils plus gros qu'une fourchette et un couteau – fait apparaître sur le visage de l'homme un sourire aussi large que le ciel. Il n'aurait pas été plus heureux de découvrir un filon d'or. Les coordonnées d'un sculpteur de Montréal, qui travaille joliment et se spécialise dans les scènes bibliques, se trouvent sur ce fameux papier.

— Cet homme fera l'affaire, se dit Damase. Nous ne l'aurons pas pour demain certes, mais, de toute manière, je crois qu'il sera préférable de remettre l'inauguration du cimetière à une date ultérieure, quand les esprits se seront apaisés et que tous comprendront l'ampleur de ce projet. Cette mort ne doit pas être inutile. Non, elle doit avoir un sens. Je lui en donnerai un s'il le faut, mais elle ne peut pas être une mort vaine.

Damase se parle à voix haute. Depuis qu'il se sait condamné, il ressent le besoin d'imposer sa présence par la parole ; il se paye le luxe d'exister doublement. Un peu plus tôt, il s'est rendu dans le chœur pour prier. Après la messe, il a épié les paroissiens sur le parvis de l'église et a bien senti la gronde monter. Il est donc allé demander à Dieu s'il avait fait le bon choix. À genoux, la certitude d'avoir agi de la bonne façon l'a enveloppé. Quand il s'est relevé pour se signer une dernière fois devant la croix, un éclair, une lumière intense est venue éblouir son esprit, court-circuitant sa pensée déjà fragilisée par les événements récents, laissant le pauvre homme dans un état de surexcitation.

— Ce sera le cimetière Damase-Couture... On pourrait coordonner l'inauguration avec la date anniversaire du village. L'idée n'est pas idiote, il faudra voir.

On cogne à la porte. Aurel, debout dans l'embrasure, joue avec son chapeau de la main gauche.

— Monsieur le curé ?

— Oui. Qui est là ?

Arrogant, le jeune homme avance d'un pas et entre dans la lumière de fin de journée qui pénètre par la fenêtre ouverte. Le curé cligne des yeux, le regarde médusé. Il cherche qui est cet homme. Noir. Lumière. Noir.

— Est-ce que tout va bien ?

Damase cligne encore quelques fois des yeux, avant de reconnaître son visiteur.

— Aurel ! Entrez, je ne vous espérais pas si tôt. Prenez place.

— Vous m'espériez ?

Les rôles s'inversent. Aurel, confus, hésite à s'avancer davantage dans la pièce. Les chaises étant recouvertes de papier, il ne trouve nulle part où s'asseoir. Il fait un autre pas. Le curé reprend son babillage.

— Voilà, voilà, reprend Damase. Pour le nouveau cimetière...

– Oui, hésite Aurel, le nouveau cimetière...

– Évidemment, ce projet est d'importance, continue Damase. On ne peut s'imaginer agir à la légère. Il faut penser qu'en ce lieu reposeront familles et amis pour l'éternité. Je voudrais en faire un lieu de contemplation, de prière. Un lieu où il ferait bon, en tout temps, de méditer sur le sens de la vie et de la mort. Vous me comprenez?

– Parfaitement.

– Vous étiez à la messe ce matin? demande Damase. Oui, vous étiez à la messe, je vous ai entendu.

– Vous m'avez entendu? reprend Aurel, surpris.

Damase élude la question et continue son babillage.

– Vous savez donc que j'aimerais faire installer une statue au niveau de la porte principale, un ange vous voyez, et dans ce dessein j'ai pensé à vous.

– À moi?

– Oui, à vous.

Le curé s'interrompt, perdu dans ses pensées. Toujours debout, Aurel n'ose ni bouger ni parler, car il craint de voir l'homme face à lui exploser et se répandre comme mille billes à ses pieds tant la tension qui l'habite est palpable.

– Il faudrait quelqu'un pour la ramener au village, annonce Damase solennel.

– Oh! s'exclame Aurel sans voix.

– Je vous dédommagerai, n'ayez crainte. Je pense qu'il est primordial que cette statue reflète la beauté perdue, la pureté divine. Je vais donc demander à Alfred Laliberté de la créer. Vous le connaissez? Il est originaire de Montréal. J'ai vu son œuvre: un génie. D'ailleurs, je ne serais pas surpris qu'il rejoigne le panthéon des artistes et que son nom marque l'histoire.

– Rien de trop beau pour le peuple, siffle Aurel entre ses dents.

Passant outre l'ironie, le curé continue sa logorrhée.

— Non rien de trop beau, souligne Damase. La plus belle statue, dans le plus beau cimetière, sur le plus bel emplacement.

— Justement, concernant l'emplacement, je crois pas que le choix soit...

Aurel hésite, cherche ses mots.

—...idéal.

— J'avais cru comprendre votre réticence, en effet. Mais n'est-ce pas monter en épingle un faux problème ? interroge Damase.

— Monsieur le curé, sauf votre respect, le lot que vous avez désigné se recouvre d'eau régulièrement à la fonte des neiges. Les paroissiens sont mal à l'aise à l'idée de voir leur cimetière inondé, comme on dit. Les tombes... vous comprenez.

— Balivernes ! Ne prenez pas la parole au nom des villageois, quand vous êtes le seul à vous opposer réellement à mon idée. Dites-moi, monsieur Labonté, ce lot a-t-il été recouvert d'eau cette année ?

— Non, monsieur le curé, mais vu la température, il n'y a rien de surprenant à ça. Y aura pas de sécheresse chaque été.

— Sécheresse, sécheresse, s'emporte Damase, qu'est-ce que la température actuelle a à voir avec les fontes du printemps ? À ce que je sache, en mars l'eau ne manquait pas.

— Tout le monde sait que ce lot est pas approprié, répète Aurel.

— J'aimerais bien connaître ce tout le monde. Ce matin, votre voix est celle qui a résonné le plus fort et le plus longtemps. Ne croyez pas que mon ouïe ne me permette plus de reconnaître lequel de mes paroissiens se cache dans la foule anonyme.

— J'étais pas tout seul, même si c'est moi qui ai parlé le plus fort. Contrairement aux autres, vous me faites pas peur ; ni avec vos habits ni avec vos sermons. Et puis, je me cachais pas dans la foule.

— Évidemment, quand on traîne une réputation comme la vôtre... Je m'inquiète de voir que la parole de Dieu vous laisse indifférent.

Piqué par le sous-entendu, Aurel s'avance en faisant tomber avec fracas la chaise à ses côtés. L'air menaçant, il s'arrête devant Damase de moitié gros comme lui. La colère qui l'envahit le fait respirer lourdement, puissamment. La sueur coule le long de son visage, sa chemise est complètement détrempée. Le curé ne réagit pas, Aurel recule.

— Qu'entendez-vous par « ma réputation » ?

— Là ne se situe pas le propos, répond Damase en retournant vers son bureau. Le cimetière se construira là où je l'ai désigné. Le lot situé près du rang du Moulin reste idéal. L'endroit est magnifique, et puis il n'y a pas d'autre lieu disponible.

— J'en ai un lopin pour vous. Il se trouve sur ma terre, propose Aurel. Je vous l'offre gratuitement.

— Sur votre terre ?

Le curé réfléchit. La terre d'Aurel Labonté se trouve à l'entrée du village. Ni jolie ni fertile et confinée sur un pan incliné près du chemin, elle n'a rien du cimetière dont rêve Damase.

— Votre terre n'est-elle pas trop éloignée ? demande Damase en regardant Aurel de nouveau.

— En voiture, rétorque Aurel, ça se fait très bien.

— Malheureusement, parmi les paroissiens, vous êtes le seul privilégié à pouvoir circuler en automobile.

— Une voiture à cheval, à ce que je sache, tout le monde en a une.

— Peu importe, le coupe Damase, le cimetière ne se fera pas sur votre terre. Mon choix est arrêté. Et puis, en quoi cette décision vous concerne-t-elle ? Vous n'êtes plus vraiment d'ici, non ?

– Que voulez-vous dire ?

Damase dévisage son interlocuteur à la recherche d'un signe d'ouverture, de compréhension. Il cherche une place pour le dialogue, mais ne discerne que colère, entêtement et pouvoir dans les yeux océan d'Aurel debout face à lui.

– Cela ne fait pas un an que vous êtes de retour au village. Cette décision n'est pas la vôtre, répond Damase.

– Vous osez me dire que je suis pas d'ici ? rétorque Aurel retenant sa rage. Vous, qui vivez dans le village depuis des années et qu'on traite encore d'étranger, vous osez me dire que je suis pas d'ici. De nous deux, je me demande lequel est le plus apte à prendre cette décision.

– Je me suis intégré.

– Ah oui ? Vous n'avez aucun ami. C'est à peine si les gens de la place vous respectent.

– Vous pensez que je ne vois pas votre jeu ? réplique Damase. À quoi sert de semer la discorde parmi les gens si ce n'est pour prendre le pouvoir ? Des hommes comme vous, j'en ai côtoyé, vous saurez. Je vois clair. Très clair. Si vous pensez que je vais vous laisser m'amadouer, détrompez-vous. Rien de bon n'émane d'une ambition comme la vôtre.

– On le sait, dit Aurel, pour vous les curés, mieux vaut que le peuple baisse la tête, qu'il fasse pas de vague. Chacun à sa place et les vaches seront bien gardées. Vos menaces me font ni chaud ni froid. On verra qui aura le beau rôle...

– Nous verrons, oui, de répéter Damase en levant les yeux au ciel. Ni vous ni moi ne savons ce qui nous attend, il n'y a que Lui qui connaisse la suite du chemin. Si vous n'avez rien à ajouter, je ne vous retiens pas.

Si un regard pouvait tuer, Damase aurait déjà été décapité. Pour se calmer, Aurel Labonté enfonce son chapeau sur sa tête et sans un mot se dirige vers la porte.

– Monsieur Labonté ?

Aurel arrête son pas, mais ne se retourne pas pour faire face à son interlocuteur.

— Puis-je compter sur vous pour la statue ? ose demander Damase.

— Je vous le dirai en temps et lieu, grogne Aurel en sortant.

Le cœur du jeune homme vibre de manière disproportionnée. Cette agitation lui bloque la vision, obnubile ses sens. Aurel ne perçoit pas qu'il est en nage. Il ne sent pas les gouttes de sueur se perdre dans ses yeux, se confondre avec les larmes de colère qui glissent sur ses joues insensibles.

— Il va voir, le vieux déplaisant.

Cette hargne ne provient pas de l'entêtement de Damase Couture à vouloir son cimetière sur la parcelle communale, elle ne résulte pas de l'opposition qu'il lui manifeste, mais de la condescendance du vieil homme. Son attitude hautaine replonge Aurel dans son passé, dans son enfance, bien avant qu'il ne devienne « le seul privilégié à rouler en automobile ».

Avant de posséder de l'argent, Aurel était pauvre, très pauvre. Son père est décédé alors qu'il n'avait pas encore deux ans ; du moins d'après ce que lui a raconté sa mère. Quand Berthe eut seize ans, elle partit travailler en ville. Devenue bonne dans une maison de bourgeois, elle cessa toute communication avec ses rares amies et sa famille. Quelque cinq ans plus tard, elle revint à Sainte-Clarisse avec un bambin sale accroché à ses jupes. L'enfant illégitime étiqueta Berthe : elle était une fille facile. Son refus de se justifier creusa ses plaies en stigmates. Elle ne trouva personne pour se marier. On commença à la traiter de sorcière. Elle gagna un peu d'argent en assistant les accouchements des femmes alentour. Comme elle était douée, on vint la chercher de plus en plus souvent. Généralement, elle sortait tard le soir pour que personne ne la voie entrer dans les maisons. Les gens respectaient son talent, mais avaient honte d'être associés à son nom. Berthe ne s'en formalisait pas. Elle faisait ce pourquoi on l'appelait et repartait sans mot dire. Cent fois au moins elle a permis à la vie de naître. Jamais elle n'a perdu d'enfant, jamais n'est morte une de ses femmes en couche. Peu de médecins peuvent se vanter d'une telle réussite.

Avec son garçon, elle s'installa à la limite du village, dans une maison grise et triste, au fond de la rue Mathieu, qui lui fut vendue pour une bouchée de pain. Mère et fils ont survécu grâce au petit jardin et aux dons de parents éloignés. Ils avaient bien un lopin de terre un peu plus loin, mais il était en friche et ne produisait que de la mauvaise herbe. Même le trèfle ne semblait pas prendre dans ce sol aride. Le quotidien d'Aurel était rempli de solitude et de misère, sans aucun ami avec qui jouer. Comme Damase, il était toujours seul.

Aurel était un enfant particulier. Il apprit à parler tardivement, vers l'âge de quatre ans. Même quand il sut s'exprimer, il gardait le silence, observant le monde avec ses grands yeux froids et vides. Il mettait les autres mal à l'aise. Pour camoufler leur désarroi, les enfants le taquinaient, le traitaient de guenillou, de fils à maman. Aurel ne répondait pas. Son indifférence augmentait l'animosité de ses camarades qui, tranquillement, se mirent à lui lancer des cailloux. Il gardait toujours le silence. Son attitude troublait les adultes également. Personne ne prenait sa défense, jamais. Il haïssait l'école, les élèves. Il haïssait leur mépris. C'était un garçon intelligent, peut-être trop d'ailleurs. Rester assis à écouter la maîtresse, qui n'était pas méchante, mais pas très maligne non plus, le rendait malheureux. Il s'ennuyait en classe et n'avait qu'un rêve : parcourir le monde.

À dix-sept ans, Aurel partit gagner sa vie aux États-Unis. Il était en âge de décider par lui-même et personne ne l'empêcherait de quitter Sainte-Clarisse. S'il pensa un moment s'engager dans les manufactures de coton, il déchanta vite : le travail physique, la routine et l'enfermement n'étaient pas pour lui. Il apprit l'anglais, développa son instruction en lisant les journaux, puis les livres. Il comprit que l'argent, le gros argent, ne se trouvait pas dans les petits boulots où l'on se tue à l'ouvrage. Pour y accéder, Aurel n'avait que peu de possibilités mais une volonté et un mépris de la pauvreté suffisants pour le conduire à la richesse. Il n'hésita pas longtemps avant de choisir la voie de l'opulence qui venait avec le monde interlope et l'alcool illégal. Rapidement, comme un bon fils, il se mit à envoyer de l'argent à sa mère chaque semaine. Quand la prohibition prit fin, il continua un peu ses magouilles puis, avant de sentir le torchon brûler, il s'acheta une automobile et revint montrer à Sainte-Clarisse qui il était.

Aurel a encore de l'ambition et la rage au ventre. Aujourd'hui, il veut rendre la monnaie de leur pièce à tous ces gens qui l'ont ignoré, bafoué, méprisé. Cette fois, il ne cherche plus la richesse, mais la reconnaissance. Il n'a pas peur de se mettre à dos les bien-pensants pour accéder à la noblesse. Il sait qu'avec un peu de patience, son temps viendra.

Les propos du curé, mais surtout ses manières méprisantes, ont fait ressurgir la honte qu'il ressentait enfant : honte d'être illégitime, pauvre et ignorant.

— Ce curé va regretter son arrogance. Vieille épitaphe, va !

Dans son crâne, les idées tournent à une vitesse folle. La chaleur le maltraite. Regagnant son véhicule, il s'assoit derrière le volant et repose sa tête sur le dossier. L'habitacle est chaud comme un four, l'air vicié. Pourtant, le cœur de l'homme se calme peu à peu. Il pense à sa mère et entend ce qu'elle lui dirait.

— Tu t'énerves pour rien, Aurel. Laisse-les faire. Ces gens-là ne valent pas mieux que nous. Vouloir leur montrer que tu mérites leur respect, c'est encore leur accorder trop d'importance.

Elle, avec tout l'argent qu'il lui a envoyé, n'a pas cru bon de déménager ni de s'entourer d'un peu de confort. Ils habitent encore la maison de son enfance où rien n'a changé depuis son départ. La disposition des meubles et des objets, les rideaux, la couleur des murs subsistent exactement comme avant. Même la poussière ne semble pas avoir bougé. Sa mère aussi est restée conforme à son souvenir. Certes, sa peau s'est flétrie un peu et ses cheveux ont blanchi, mais l'énergie se dégageant de ce petit bout de femme qui l'a mis au monde reste identique. En se pavanant au village à bord de sa voiture luxueuse, il passe pour un fils indigne. On le dit ingrat d'avoir laissé Berthe dans la misère tout ce temps, alors que lui roule en véhicule à moteur. Il se doutait que sa mère n'allait pas dépenser son argent en futilités, elle qui a toujours été prompte à économiser, mais il était loin d'imaginer qu'elle ne toucherait pas à un seul sou de l'argent qu'il lui envoya tout ce temps. Quand il lui demanda pourquoi, elle lui répondit qu'elle n'en avait pas eu besoin.

Aurel sort son mouchoir de sa poche et essuie son visage. Il insère la clé, démarre le moteur et engage son automobile sur la route. Sans même prendre le temps d'y penser, il se retrouve devant la maison des Fournier. Thérèse et Vilmer, assis côte à côte sur le perron, ne se parlent pas. Ils vivent leur deuil dans le silence et la chaleur.

Aurel sort de l'automobile. Vilmer se lève.

— Bonsoir à vous, lance Aurel du perron.

— Bonsoir, lui répond Vilmer.

— Excusez-moi de vous déranger, je venais vous faire une proposition.

— Vous nous dérangez pas, monsieur Labonté, dit Vilmer.

— Appelez-moi Aurel.

— Voulez-vous vous asseoir ? Félicité ! crie Vilmer vers la cuisine.

Une jeune fille d'une douzaine d'années, maigrichonne, avec des cheveux couleur de blé et des taches de rousseur parsemant ses joues blafardes, pointe le nez dans l'embrasure de la porte.

— Oui, papa.

— Félicité, va chercher une chaise pour monsieur Labonté. Aurel, prendriez-vous un petit verre ?

— Je dirais pas non.

— Apporte un verre à monsieur et la bouteille de bagosse.

La fillette hoche la tête et disparaît dans l'ombre de la maison. Elle revient aussitôt avec une chaise de cuisine dans les mains et l'installe près de celle de son père. Thérèse ne parle pas. Elle regarde le paysage devant elle. Les champs s'étalent à ses pieds. Des cultures riches, qu'elle connaît et aime profondément. L'avoine ondule doucement, ébranlée par une brise que la peau ne ressent pas. Le soleil s'est éteint à l'horizon, tout comme le cœur de la femme. L'organe continue à palpiter, mais il ne vibre plus. Avec la disparition de Léa s'enfuit sa raison d'être heureuse. Malgré la température, Thérèse est froide, glacée.

Aurel s'assit près de Vilmer.

— Comment ça va ? demande Aurel.

— On s'en sort, répond Vilmer. Tout est allé si vite. Hier, on avait une petite fille ; ce soir, on creuse son trou pour l'éternité. Avec tout ça, le curé a des idées de grandeur.

— Vous en dites quoi de son projet de cimetière, vous ?

— Je sais pas quoi en penser, marmonne Vilmer.

Félicité revient avec l'alcool de son père. Elle en verse dans deux petits verres, puis rentre avec le restant de la bouteille. Les hommes boivent en contemplant les blés roussir sous les derniers rayons du jour.

— Et vous, Aurel, quelle est votre opinion ? Si mon idée est bonne, vous êtes ici pour nous parler de la messe de ce matin.

— Personnellement, je crois que c'est une folie. Même s'il y a eu aucun risque d'inondation cette année, on sait tous que cette parcelle de terre va finir par se recouvrir d'eau un jour ou l'autre. Je me demande à quoi il joue.

— Le curé a souvent de curieuses idées, enchaîne Vilmer.

— C'est pas une raison pour le laisser les imposer sans réagir, s'emporte Aurel.

— On peut pas faire grand-chose, il faut ben enterrer nos morts.

— J'ai un lopin de terre qu'il me ferait plaisir de mettre à votre disposition, propose Aurel. Si vous voulez, je peux m'occuper de creuser une fosse, on pourra l'enterrer demain comme prévu.

— Et le curé ? demande Vilmer inquiet.

— Il a pas toute sa tête, c'est évident. Je peux pas croire qu'il reviendra pas à la raison. Si c'est pas cette année, ce sera l'an prochain, quand l'eau de la côte déferlera à nouveau pour inonder son bout de terrain. J'envisage rien de bon pour des tombes de cimetière.

— C'est quand même lui le curé, défend Vilmer. C'est de l'âme de notre fille dont il est question. J'espère juste qu'elle trouve son ciel. En l'enterrant sur votre lot...

— Je comprends. Ça reste votre décision. N'empêche, prenez le temps d'y réfléchir, indique Aurel en se levant pour quitter les Fournier. Je vous dérangerai pas plus longtemps.

Thérèse sort de sa torpeur et déambule lentement sur la galerie, sans regarder les hommes près d'elle.

— Léa est déjà au ciel. On n'a pas besoin d'un petit curé de campagne pour lui ouvrir les portes du paradis. Tu me connais, Vilmer, j'ai toujours été pratiquante. J'ai foi en Dieu et en Son Église. Le curé, avant d'être un représentant du

Tout-Puissant, est d'abord un homme. S'il a pas toute sa tête, les paroles qui sortent de sa bouche ne sont certainement pas celles du Bon Dieu.

Elle se tait ; les grillons en profitent pour signaler leur présence.

— Léa, poursuit-elle, ne servira pas les ambitions d'un vieil homme sénile. Aurel ?

— Oui, madame.

— Si vous êtes prêt à encourir la colère du curé Couture, on va enterrer la petite sur votre terrain.

— Elle aura pas d'enterrement religieux, fait remarquer Vilmer.

— Pas besoin de sermon quand on met une sainte en terre.

Les yeux de Thérèse brillent d'une étrange lueur. L'air se charge d'une tension si lourde que les souffles s'arrêtent presque à la surface des lèvres. Aurel ressent la même angoisse qui le tenaillait au moment où sa mère arrangeait le corps de l'enfant. Mal à l'aise, il les salue et se retire. Dans la pétarade du moteur, Thérèse regarde son mari et lui murmure :

— Ça ne fait que commencer.

Elle entre dans la maison sans un mot de plus.

CHAPITRE VI

Sous la lumière de la lune, ils creusent un trou chacun de leur côté : Lorenzo, dans l'habitude du travail de la terre ; Aurel, avec le zèle de la provocation et de l'interdit remuant son âme.

Au petit matin, les deux hommes, dans l'ignorance du labeur de l'autre, vont regarder leur œuvre respective et s'assurent que tout est prêt pour l'enterrement.

Assez tôt, les Fournier se présentent à l'église avec leur fille. Le service religieux se déroule dans le calme, la foule ne manifeste ni surprise ni mécontentement à l'égard du choix de leur curé concernant le nouveau cimetière. Ceci par respect face à la mort d'une si jeune enfant.

Après la messe, Damase attend à la sortie la famille endeuillée pour l'accompagner au lieu du dernier repos de Léa.

— Ce sera pas nécessaire.

La voix froide de Thérèse tétanise le curé. Avec effort, il se ressaisit.

— Que voulez-vous dire, ce ne sera pas nécessaire ?

— Nous n'enterrerons pas Léa dans votre cimetière, lui répond Thérèse.

— Ce n'est pas possible. Pour quelle raison ?

— Ce terrain présente un trop grand risque d'inondation pour que j'accepte d'y faire reposer ma fille pour toujours.

— Qui vous a mis cette idée dans la tête ? demande Damase incrédule. Aurel Labonté ? Vous allez l'enterrer sur sa terre, je suppose ?

— Oui, confirme Thérèse. Il a eu l'amabilité de nous offrir un lieu plus propice que le vôtre.

— Vous faites une erreur. Une terrible erreur, madame Fournier. Ça ne peut pas se dérouler ainsi. Écoutez votre curé : en la couchant dans une terre non consacrée, vous mettez l'âme de votre enfant en péril. Vous n'y pensez pas ?

— C'est tout réfléchi, monsieur le curé. Si vous voulez nous excuser, nous ramenons Léa avec nous maintenant.

Ils partent et ils laissent le curé bouleversé.

*
**

Debout, près du trou creusé parfaitement à l'équerre et d'une belle profondeur, Aurel attend. Il aperçoit un fin nuage de poussière s'avancer sur la route. Le sol des chemins s'effrite sous l'assaut répété du soleil et laisse sur la peau et les vêtements de tous ceux qui s'y aventurent une couche grisâtre semblable à de la cendre. La voiture des Fournier progresse lentement, tirée par un cheval brûlé de chaleur. Malgré l'heure matinale, la température prend à la gorge. La journée s'annonce torride. Toute la famille s'entasse dans la charrette : le père, la mère et les huit enfants. Derrière eux suit un autre attelage avec les grands-parents. La cérémonie sera intime, sans le curé.

Arrivées à l'emplacement, les voitures font cercle à distance. On installe les chevaux à l'ombre, sous les arbres du bocage. Les hommes retirent le cercueil de la charrette ainsi que les cordes qui serviront à le descendre dans la fosse. Personne ne parle. Une fois la bière bien enserrée dans les cordages, Vilmer la fait glisser avec précaution jusqu'au fond de la fosse avec l'aide de son père, de son beau-père et d'Aurel. Avant de la recouvrir, le père de Thérèse prononce une brève prière. Tout est terminé.

Vilmer s'empare de la pelle.

– Laissez-moi faire, Vilmer, dit Aurel, je vais m'en charger.

Les deux hommes se serrent la main dans une longue poignée pleine de tristesse et de respect. C'est le premier échange amical que rencontre Aurel depuis des années, sinon depuis toujours. Une étrange chaleur se diffuse en lui, venue de l'intérieur cette fois. Il remet son chapeau alors que les Fournier rejoignent leur attelage. On harnache les chevaux et les voitures repartent, plus lourdes du vide laissé par la perte d'un enfant.

Aurel se met à la tâche. L'atmosphère ralentit ses mouvements et alourdit son corps musclé et vigoureux. De temps à autre, il observe la vue qui s'offre à lui. Il saisit du regard cette plaine qu'il déteste, ces champs qu'il exècre. Pour lui, Sainte-Clarisse incarne ce qui est petit, un monde où les agriculteurs, accoutumés à leur misère, se battent pour leur subsistance sans jamais en vouloir plus. Lui, Aurel Labonté, ne sera pas un simple cultivateur. L'idée même l'enrage. Cette colère qui l'habite le fait redoubler d'ardeur. Sainte-Clarisse verra bientôt qui il est vraiment. À la moitié de son travail, il prend une pause pour souffler un peu et tente de se rafraîchir à l'ombre des arbres. Il remarque un nuage sur la route : quelqu'un vient à lui.

– Qui peut rôder par ici ?

Il attend. Aurel est un homme patient. Toute sa vie, il a attendu que son heure vienne. À cet instant, il sent qu'il peut patienter encore un peu. Pour avancer, il faut savoir poser un pied devant l'autre, un pas à la fois, c'est tout. Le reste viendra au moment opportun. Dans le présent, mieux vaut s'asseoir au frais et prendre des forces. On ne se repose jamais trop avant le début des hostilités. La poussière qui roule sur la route paraît pleine d'un orage venu troubler le calme de la journée.

— Si seulement il pouvait pleuvoir, se dit Aurel en s'épongeant le cou et le front avec son mouchoir.

L'attelage, conduit par Lorenzo, s'approche à vive allure. À ses côtés, se trouve une petite boule rabougrie. On croirait deviner un enfant habillé d'une robe noire. À bien y regarder, Aurel reconnaît le curé. Il remarque combien malingre est l'homme, presque à en faire pitié. Un relent de colère le ramène à la veille et chasse soudain le semblant de sympathie qui pointait en son âme. Quand Lorenzo se stationne aux côtés de l'automobile, Aurel ne bouge pas, ne se lève pas, il attend.

Damase met pied à terre avec prudence. Après sa rencontre avec les Fournier, il a été ébranlé au point de s'effondrer sur le sol, dans l'église. Lorenzo, venu aux nouvelles, l'a retrouvé ainsi. Lui qui attendait les Fournier avec le cercueil s'inquiétait de ne voir arriver personne. Il a bien tenté de convaincre le curé d'aller s'étendre, de consulter un médecin, mais Damase n'a rien voulu entendre. Une fois ses forces revenues, il a conjuré Lorenzo de le conduire sur la terre d'Aurel avec une telle ardeur, un désespoir si profond, que le bedeau n'a pas su refuser.

D'un pas hésitant, Damase s'approche de la fosse à moitié emplie. Tenant dans ses mains un bénitier, il asperge l'endroit en prononçant à mi-voix les prières d'usage. Aurel, toujours dans son coin d'ombre, le regarde, médusé. Ses lèvres esquissent un léger sourire, signe de sa victoire. Le curé se recueille un instant sur la tombe, puis de son pas incertain, se retourne et se dirige vers Aurel. Ce dernier n'ose pousser l'effronterie plus loin en restant assis, aussi il se lève en laissant choir son chapeau au sol.

— Ne croyez pas, monsieur Labonté, s'exclame Damase en s'approchant, que vous venez de gagner la guerre. Je suis ici uniquement pour l'enfant. Je ne pouvais me résoudre à la laisser reposer dans un lieu non consacré et à mettre son salut en péril.

— La guerre ? Qui parle de guerre ?

— Votre attitude, monsieur. Vous avez manipulé cette pauvre famille. Vous l'avez entraînée dans vos plans machiavéliques, mais vous ne vous en tirerez pas si facilement. Mon cimetière se fera.

— Faites-le, rétorque Aurel arrogant, mais dans un autre lieu. Je vous propose ma terre, mais vous refusez. C'est vous l'entêté, pas moi.

Le curé ne l'écoute pas. Il a le visage crispé dans une expression de colère et d'hébétude qui dévoilent son tourment. Sa voix haute et criarde trahit ses émotions.

— Vous ne comprenez rien, argumente Damase. Ce lieu n'est pas le bon. Votre terrain n'est pas à la hauteur. À quoi peut servir votre attitude ? Pourquoi me tenir tête ?

— Parce que personne veut être enterré sur une terre qui prend l'eau, soutient Aurel. Les villageois méritent un cimetière qui ne s'inonde pas chaque printemps.

— Quel beau sens civique ! L'ambition vous mène par le bout du nez. Vous cherchez votre profit, je ne le sais que trop bien. Que désirez-vous ? La place de maire ?

Une bouffée de chaleur rougit les joues d'Aurel, tout aussi gêné que fâché de se voir mis au jour. Oui, il a de l'ambition. Oui, il veut diriger le village, car il croit fermement que Sainte-Clarisse doit s'inscrire dans la modernité, ce qui apportera emplois et richesses pour ses citoyens. Est-ce un crime ? Et puis, il désire le respect. Qui, à part le maire et le curé, a droit au respect de tous ? Comme il lui est impossible de briguer le poste de curé, autant devenir maire.

— Monsieur Labonté, je vous exhorte à ne plus vous dresser sur mon chemin. Encore une dernière fois, tenez-vous à l'écart.

Sur ce, Damase retourne à la voiture où Lorenzo l'attend, impassible. Il s'installe aux côtés du conducteur qui ébranle l'attelage doucement. Aurel botte son chapeau avec rage.

— Vieux fou !

Toujours ce sentiment tout droit sorti de son passé, qui l'emplit de gêne et de malaise. Il a honte que le curé ait découvert son intention. Il n'aime pas que les gens lisent son jeu. Il est un être secret qui préfère qu'on le laisse tranquille. Et il frappe son chapeau de nouveau d'un grand coup plein de la violence qui l'habite. Puis, il réalise ce qu'il est en train de faire et comprend l'absurdité de son comportement. Il éclate de rire, ramasse son chapeau, le secoue et le cale sur sa tête, puis retourne à son ouvrage.

Les pelletées sont lourdes de la chaleur du jour. Le corps couvert de sueur, Aurel travaille à un rythme soupesé. De temps en temps, il regarde autour de lui. Il pressent que quelqu'un l'épie. Bientôt, il interrompt ses mouvements, persuadé qu'une personne se cache dans le boisé. Il plante sa pelle dans le tas de terre restant et avance près des arbres. Alors qu'il est sur le point de s'introduire dans la pénombre du bocage, une jeune femme se redresse et le fixe, les yeux brillants. Sur son visage se peint la crainte d'être découverte. Surpris, Aurel n'a pas le temps de réagir. Blanche s'enfuit.

DEUXIÈME PARTIE
AUX ABORDS DE LA RIVIÈRE

Le goût du sang titille encore ma bouche. Un désir vorace s'installe, prend toute la place. Il s'insinue à travers chaque fibre de mon corps. Mes muscles tressautent. J'aime sentir la vie filer doucement du corps. Le cœur qui accélère dans un dernier soubresaut, puis cesse lentement son combat. Le souffle s'étiole. Ensuite, il ne reste plus rien ; simplement la mort. Mais avant, il y a la peur. Cette peur qui vient poivrer le goût de la viande. Elle se manifeste d'abord par un frisson. Une longue vague qui parcourt le corps, comme s'il était le premier mis au courant du danger. Ensuite, c'est la prunelle qui se dilate pour signaler l'effroi. Il émane quelque chose de grandiose à se savoir l'objet d'une telle peur. Quelque chose de divin...

Au village, tous les gens parlent de moi. Je les entends. Leurs voix me brûlent, ça me rend fou. Comme le soleil. Oui, le soleil... Dehors, la chaleur s'éternise. On ne peut la fuir. Elle me traque, me fait perdre le contrôle. Elle me fouette, comme un canasson qu'on roue de coups. Je me rebute, m'entête, mais le soleil est plus fort que moi. Le soleil me fait animal.

Elle est morte avec le sourire, si fragile, si facile ; une petite fille menue. D'où tenait-elle tant de fougue, de vivacité ? Elle savait qu'elle allait mourir. Elle l'a su avant moi. Son petit corps, tapi au fond de la cabane, sentait comme la rosée au matin du paradis. Son parfum habite encore mon nez, excite mes papilles gustatives. Une odeur de viande, prête à être mangée.

J'aime assister à la mort ; par-dessus tout, donner la mort. Je savoure mon triomphe ; mon triomphe sur le destin des autres. Cela me gonfle d'une nouvelle énergie. J'en veux plus.

Toujours plus.

CHAPITRE VII

Voilà deux semaines que Léa Fournier est enterrée. Deux autres semaines sans pluie. L'inquiétude des agriculteurs pour leurs récoltes augmente chaque nouvelle journée qui débute sans la promesse de l'eau salvatrice. On ne pense plus au malheur de la famille Fournier, sinon tard le soir, dans le secret des chambres à coucher. Quand il ne nous touche pas directement, ce genre de drame s'efface à mesure que les préoccupations quotidiennes reprennent le dessus.

J.-A. Francœur est un homme nerveux. Son corps tendu comme la corde d'un arc prêt à vibrer, sa petitesse et sa maigreur laissent percevoir l'anxiété qui brûle ce qu'il mange avant de lui permettre d'engraisser. Sa femme Freda l'appelle son paquet de nerfs, elle qui est tout son contraire. Ses grossesses successives lui ont arrondi la silhouette et, aux côtés de son mari, elle paraît bien charpentée. Ses deux cent cinquante livres ne l'empêchent pourtant pas de travailler. Au contraire, elle ne donne pas sa place dans un champ. À l'étable, quand vient le temps de faire vêler les vaches ou même de les traire, elle a la poigne solide et fait tourner rondement l'entreprise. En réalité, elle s'épanouit plus à effectuer ce travail physique qu'à rester enfermée avec ses chaudrons, bien qu'elle soit une excellente cuisinière. Son rôti ne se laisse pas désirer et sa purée de pommes de terre pourrait presque faire se damner un pape. Freda préfère la nourriture du terroir, riche et savoureuse, aux plats plus raffinés que ses belles-sœurs ramènent de leurs réunions du Cercle des fermières. Pour elle, rien de tel que des pommes de terre au beurre et une belle pièce de viande pour rassasier papilles et estomacs.

Freda n'a pas non plus la passion du ménage. Elle laisse le soin de la maison à ses filles les plus vieilles, en âge de donner un coup de main. Elle ne cache pas qu'elle aurait préféré avoir un ou deux garçons de plus – elle n'en a réchappé que deux –, mais elle reste satisfaite de sa famille. Sur ses dix accouchements, elle a eu six filles et quatre garçons. Elle a perdu trois enfants en bas âge. Elle a craint de perdre son Georges-Étienne, le petit dernier, mais par miracle, il a survécu.

Freda a tout fait pour l'allaiter, mais son sein était tari. Le petit ne réagissait pas bien au lait de vache. Pendant ses premiers mois, il a fait colique sur colique et a multiplié les vomissements et diarrhées. Elle en a passé des nuits à veiller sur son Georges-Étienne, à lui frotter le ventre avec de l'huile de clou ; une recette de sa mère pour calmer la douleur. Les maux de ventre arrachaient des pleurs au bébé jusqu'au petit jour. Elle en a passé des nuits à ne pas dormir, debout à promener Georges-Étienne. Pourtant, le lendemain, il fallait que l'ouvrage se fasse. Au bout de trois mois à ce rythme, elle n'en pouvait plus. Aussi, malgré les protestations de ses belles-sœurs, elle a décidé de lui donner des purées. Il avait faim le pauvre enfant. Il engouffrait la nourriture, ouvrant grand la bouche avant même d'avoir fini d'avaler pour en redemander d'autre. Il fallait même faire attention de ne pas trop lui en donner pour ne pas le rendre malade. Avec ce régime, il a rapidement pris des forces. Âgé de sept ans maintenant, il est freluquet mais vigoureux ; son père en miniature.

Ce matin, Georges-Étienne est parti à la pêche. Il est bientôt l'heure de souper et il n'est toujours pas de retour. Son père, qui ne l'a pas vu de la journée, commence à s'inquiéter. J.-A. va à la rencontre de sa femme qui sort de la maison et se dirige d'un pas allègre vers l'étable. Un chignon serré retient ses cheveux grisonnants. La sueur perle sur son front. Freda a chaud.

– Ma noire, as-tu vu le petit ?

La femme arrête son élan, prend son souffle.

– Ce matin, répond-elle, il m'a dit qu'il se rendait à la rivière voir s'il pouvait ramener quelque chose à souper.

– Tu l'as laissé faire ? dit J.-A., contrarié. Tu sais qu'il n'y a rien de bon à pêcher dans ce cours d'eau.

– Tu sais comment il aime pêcher. Un peu d'air ne lui fera pas de tort, surtout avec cette chaleur.

– Je le sais que tu l'aimes, mais ce n'est pas une raison pour lui accorder tous ses caprices.

Elle va pour répondre, mais se mord les joues pour ne pas répliquer. Des deux, J.-A. est le plus enclin à laisser son petit gars faire ses quatre volontés. Un lien étroit s'est tissé entre le père et le fils. Quand on les regarde assis l'un près de l'autre, à contempler le ciel qui s'étend, on comprend et on devine la complicité qui les unit. Freda dévisage son homme, cherche à saisir son angoisse. Elle doit se rendre à l'étable, une vache va vêler sous peu. Elle craint que tout n'aille de travers, aussi elle n'a pas le temps de se préoccuper de Georges-Étienne. Il est assez âgé pour prendre soin de lui-même après tout.

– Appelle-moi Mathias et Adéla, ordonne J.-A. à sa femme. Je m'en vais le chercher. Dis-leur de me rejoindre à la rivière.

Sans qu'il lui laisse le temps de répliquer, J.-A. s'éloigne de son pas rapide et nerveux. Debout, les bras le long du corps, Freda retient un élan de colère. Comme si elle n'avait que ça à faire, courir après les enfants. Pourtant, elle se retourne et remonte le chemin qui conduit à la maison. Elle sait que son aînée est en train de préparer le repas du soir.

Lentement, elle escalade les six marches qui mènent à l'intérieur. Sans surprise, elle retrouve Adéla, âgée de vingt-et-un ans, penchée sur la table de la cuisine, épluchant des pommes de terre.

— Adéla, dit Freda en entrant, ton père veut que tu ailles le rejoindre à la rivière.

— Mais maman, répond Adéla, le souper...

— Laisse le souper, je m'en charge. Je vais demander un coup de main à Oliva.

— Vous savez bien qu'elle brûle tout ce qu'elle touche.

— Il est grand temps qu'elle apprenne, affirme Freda.

— J'avais prévu...

— Ne discute pas, va rejoindre ton père. Il est inquiet pour Georges-Étienne. Il est parti ce matin à la rivière et il est pas revenu. Tu l'aurais pas vu par hasard ?

— Non, répond Adéla. Il est pas rentré dîner.

— Et ça t'a pas alarmée.

— Non, c'est pas la première fois qu'il fait ça, vous le savez ben. Je me demande pourquoi le père s'affole. C'est un autre truc de son Georges-Étienne pour pas participer aux corvées. Si vous voulez mon avis, vous êtes en train d'en faire un bon à rien. Je vous le dis, moi, c'est pas en le laissant agir à sa tête que son comportement va s'arranger.

— Adéla, je connais ton point de vue. Je te demande d'aller rejoindre ton père sans discuter. Ne m'oblige pas à me répéter.

— C'est bon.

La jeune femme se lève, essuie ses mains sur son tablier, le dénoue et le pose sur le dossier de la chaise qu'elle occupait.

— Tu passeras chercher ton frère Mathias à l'étable. Ton père veut qu'il y aille aussi.

— Ben voyons, vous trouvez pas qu'il exagère ?

— Adéla!

Freda lève la main, feignant de gifler sa fille, mais cette dernière sort de la pièce rapidement. Elle s'avance d'un pas agile vers la bâtisse qui se dresse près de la maison familiale.

— Georges-Étienne, Georges-Étienne, marmonne Adéla pour elle-même. On dirait qu'il n'y a que lui qui existe. Son petit gars par-ci, son petit gars par-là. Le père virerait fou si un malheur devait lui arriver.

Adéla s'arrête, sourit de manière sournoise, puis repart en silence. Elle entre dans l'étable où l'accueille une chaleur lourde, celle du souffle des rares bêtes qui ne sont pas en train de se prélasser dans les prés. Elle pénètre le lieu douce-ment, laisse à ses yeux le temps de s'habituer à la pénombre. Après deux secondes, elle voit la silhouette de son frère qui se découpe à contre-jour. Il est debout aux côtés d'une belle vache noire et blanche. Celle-ci semble prête à exploser de son veau à naître.

— Mathias!

Adéla fait un pas. Le jeune homme se retourne pour voir qui l'appelle.

— Elle est trop grosse pour en porter juste un. D'après moi, elle en attend deux, dit Mathias à sa sœur.

Mathias semble nerveux. Adéla s'avance un peu plus, intri-guée par le ton de son frère.

— Ça va?

— J'ai peur que le vêlage soit difficile. Je les sens pas bouger. Il y en a peut-être un des deux qui est mort. Je pense qu'il faudra la déclencher ce soir si le travail se fait pas naturellement.

Adéla regarde son frère. Elle l'apprécie. Le tourment pour l'animal qu'elle lit dans ses yeux lui fait de la peine. Il a tou-jours aimé les bêtes. Il les traite mieux que certains ne le font de leurs enfants.

— J'imagine que tu es pas ici pour me demander comment se porte la vache.

— Non, le père veut qu'on aille à la rivière chercher Georges-Étienne.

— Il lui est arrivé quelque chose ? s'inquiète Mathias.

— Il est pas revenu dîner. On l'a pas vu depuis ce matin.

— C'est bon, j'arrive.

Mathias tapote le flanc de la vache, lui caresse le museau et, sans attendre sa sœur, part rapidement. Adéla le regarde s'élancer vers la rivière, le cœur serré.

— Mais il fait quoi Georges-Étienne pour que tout le monde l'aime autant ?

La jalousie lui ronge les lèvres, mais elle se fait un devoir d'écouter ses parents et suit son frère. Dehors, le soleil est éblouissant. La main en visière, elle cherche Mathias qui se hâte devant. L'Etchemin doit se situer à deux kilomètres tout au plus de la maison. D'un rythme soutenu, comme le maintient son frère, on l'atteint en une vingtaine de minutes. Adéla marche plus lentement. Elle n'aime pas se presser et, par cette chaleur, rien ne lui fera augmenter sa cadence, surtout pas Georges-Étienne.

La rivière se trouve dans une dénivellation du terrain. De l'endroit où elle se trouve, la jeune femme ne voit ni le cours d'eau ni son père qu'elle entend crier le nom du cadet de la famille. Elle aperçoit la tête de Mathias qui disparaît, dévoilant le lieu de la pente. La voix de son frère se joint à celle du paternel, mi-colère mi-supplication.

— À croire qu'il lui soit arrivé malheur, de se dire la jeune femme.

Adéla soupire et continue de marcher. Son regard balaie le paysage. Malgré la sécheresse qui jaunit les herbes, ce lieu reste majestueux avec ses champs à perte de vue et ses vallons qui pointent leur tête droit devant. Un reflet brillant à quelques mètres d'elle capte son attention. Le soleil fait tanguer l'air au-dessus du sol, aussi elle n'est pas certaine de bien voir. Elle s'approche du même pas fier qui la mène qu'importe où elle va. L'éclat se transforme en fichu blanc. Elle tournerait bien les talons pour rejoindre son père qui va sûrement penser qu'elle lui désobéit, mais son corps est attiré, contrôlé par ses yeux qui cherchent à comprendre ce qu'ils perçoivent.

Là une main, ici un pied. Elle s'avance inexorablement. Son mouvement cesse soudain quand elle reconnaît son frère. Elle se concentre sur son petit visage. Un rictus déforme les traits de Georges-Étienne, contorsionne ses lèvres en un sourire de frayeur, comme si l'enfant voyait plus loin que le regard ne peut porter, vers un au-delà du réel qui l'entoure. Pourtant, ses yeux sont éteints.

Soudainement, autour d'elle se fait silence. Il ne reste que son souffle qui, lui-même, se suspend, aussi immobile que le corps de son petit frère.

Les mains de Mathias cachent le regard d'Adéla puis s'emparent vigoureusement de ses épaules, la libérant de cette vision d'épouvante. Le son qui lui sort du ventre, qui déchire sa gorge et brûle ses poumons, Adéla ne l'entend pas, pas plus qu'elle ne discerne la voix de son grand frère ni le bruit de course de son père tandis qu'il remonte le talus à leur rencontre. Pétrifiée, elle ne peut détacher son attention du corps éventré de Georges-Étienne. Elle crie pour sa survie, pour se soustraire de la douleur qui l'avale, la sienne et celle qu'elle devine dans l'abdomen béant de son petit frère. Son frère.

À ses côtés, Mathias vomit. Lui qui sait rester de marbre quand il est temps de saigner les cochons se vide bruyamment de son dîner, de sa peine, de la peur qu'il ressent face à la vision de Georges-Étienne ainsi mutilé.

– Georges-Étienne, hurle J.-A. Mon Dieu. Mon Georges-Étienne, qui t'a fait ça ? Qui c'est l'écœurant qui a pu te faire ça ?

J.-A. ne se contrôle plus. La rage remonte à l'intérieur de son œsophage. Il hurle. Il crie. Il sacre. Bien que de tempérament sanguin, il n'a jamais blasphémé devant ses enfants. Jamais ils ne l'ont entendu jurer de la sorte auparavant.

— Maudit baptême de vie de chien! Pourquoi? Pourquoi? C'est pas vrai. Seigneur, pourquoi t'as permis ça?

— Papa, calmez-vous... tente doucement Mathias.

— Maudit bon Dieu. S'il existait, il aurait pas permis sa mort. Non, il aurait pas permis ça. Le bon Dieu peut pas permettre une injustice si grande. S'il y avait eu un Dieu il aurait pas laissé mourir mon petit gars. Maudit Christ!

Après avoir déversé sa fureur sur le ciel et la terre, l'homme s'agenouille au côté de son fils mort. Il le regarde, plein d'amour. Il observe les traces de la violence sur ce qu'il reste de Georges-Étienne. Il enlève sa chemise et se prosterne près du cadavre pour un ultime au revoir. Délicatement, il emballe le ventre de l'enfant, rapatrie dans l'abdomen les viscères qui s'en échappent. Puis, il soulève son fils, le maintient doucement contre son corps.

— Papa, laissez-moi vous aider.

J.-A. ne répond pas à Mathias. Il se met en branle, suivi de ses deux plus vieux, la tête vide et le cœur roulant comme un tonnerre les soirs d'orage. Tous concentrés à avancer, perdus dans les images que peignent leur imaginaire de chair et de sang, ils ne remarquent pas la silhouette blanche d'une robe qui vole au vent, dressée au milieu de la route par-delà les maisons.

*

Depuis son évanouissement, Rose-Délima semble incapable de trouver le repos. Étendue sur son lit en cette chaude fin d'après-midi, elle pense à sa Blanche qui vieillit. Déjà l'été dernier, elle ne pouvait rien lui demander. Soit elle montait sur ses grands chevaux, arguant que ses frères n'avaient pas, eux, à effectuer les tâches domestiques, soit, sournoise, elle disparaissait simplement. On aurait dit que des vers grouillaient dans ses entrailles, l'empêchant de demeurer tranquille. Après l'hiver et le nouveau printemps, elle est devenue une jeune femme plus posée. Elle reste impétueuse, certes, mais parvient à ne pas s'enflammer contre ce qu'elle considère être des injustices. Depuis quelques semaines, elle offre même, à de rares occasions, son aide pour les travaux ménagers.

— Peut-être que la découverte de la petite Fournier lui a fouetté le sang, se murmure Rose-Délima.

Toutefois, la mère s'inquiète au sujet de sa fille. Elle devine, sous les faux airs de soumission qu'arbore son aînée, un feu qui la brûle, qui l'anime d'une énergie insatiable de liberté. Elle se demande si Blanche saura s'accommoder de sa condition de femme. Elle la soupçonne de planifier un mauvais coup, ou pire, un départ définitif.

— Que va-t-elle devenir si elle décide de prendre le chemin pour la ville ? Avec juste une 7e année, elle ira pas loin.

L'été malmène Rose-Délima. Elle se sent préoccupée comme rarement dans sa vie. Oui, elle s'en fait pour sa fille, mais un sentiment plus diffus encore ne la quitte pas. Certains jours, elle ouvre les yeux sur ce qui l'entoure pour s'apercevoir que sa mémoire flanche. Aujourd'hui, toute une partie de sa journée s'est évanouie de ses souvenirs. Elle ne se rappelle plus de sa matinée. Elle se souvient de s'être levée tôt. Elle sait qu'elle a préparé le déjeuner pour toute sa troupe, qu'elle a rangé la cuisine, puis qu'elle est sortie sur la galerie chercher un peu de fraîcheur. Elle ressent encore sa déception quand, une fois dehors, la même chaleur et la même pesanteur l'ont accueillie. Elle se rappelle avoir fermé les yeux, à la poursuite d'un souffle d'air sur sa peau tendue par le soleil, puis le vide.

Là, elle ne se rappelle plus de rien, sinon qu'elle se voit plantée au milieu de l'escalier montant à sa chambre. Elle se rappelle avoir failli perdre pied dans les marches, mais elle est incapable de dire ce qu'elle y faisait. Elle ne sait plus comment elle s'est retrouvée de la galerie en dehors à l'escalier en dedans. Et ça lui fait peur. Suffisamment pour qu'elle manque de débouler les marches et qu'elle se retienne à la rampe de toutes ses forces pour éviter de tomber.

Une fois ses esprits revenus, elle tourne la tête vers l'horloge grand-père trônant dans le salon ; il est midi et sa horde va revenir, affamée. Elle rebrousse chemin, descend les marches pour concocter le dîner. Quatre heures se sont écoulées, emportant avec elles le souvenir des faits et gestes de Rose-Délima.

Lasse du repas des enfants, elle remonte dans sa chambre pour se reposer un peu. Ses oublis l'énervent. Comme durant son adolescence. À cette époque, il lui arrivait d'avoir des trous de mémoire. Si, plus jeune, ses absences ne la dérangeaient pas, aujourd'hui elles lui laissent un goût étrange dans la bouche. Elle craint que sa mémoire ne cherche à supprimer le pire. Mais le pire de quoi ? Chaque fois qu'elle a perdu des instants de réalité, c'était pour revenir à elle certaine que quelqu'un venait de mourir. Ainsi, elle sut avant tout le monde le décès de son beau-père.

Rose-Délima fouille sa mémoire. Elle ne se souvient de rien. Et le petit tourne, pousse les parois de chair qui le maintiennent au chaud dans le ventre maternel.

— Mon Dieu, pourquoi il bouge tant ?

Rose-Délima ne comprend pas que l'enfant réagit à son énervement. Elle s'agite dans son lit, ferme les yeux pour laisser venir le sommeil dont elle aurait besoin. Son corps lui fait mal et son esprit ne lui laisse aucun répit.

– Bon, puisque le sommeil vient pas, autant se rendre utile et retourner travailler.

La femme se lève péniblement, hisse son ventre protubérant hors du confort du matelas. Elle prend contact avec le sol, les pieds bien à plat sur le plancher et les mains sur les cuisses, se redresse et se dirige vers l'escalier dans sa démarche pesante de femme enceinte. À l'endroit précis où elle a repris ses sens un peu plus tôt dans la journée, la vision d'un enfant étendu dans l'herbe se dévoile à elle. Cette image n'a rien d'insolite, pourtant l'angoisse qui l'habitait déjà dans sa chambre se décuple.

– Seigneur, non !

Aussi rapidement que son corps le lui permet, elle descend les marches restantes et traverse le salon jusqu'à la porte d'entrée. Sans prendre le temps d'enfiler un chapeau ou de changer de tenue, elle emprunte la route principale en direction du village. Si on lui demandait où elle se rend de manière si pressée, Rose-Délima ne saurait que répondre. Elle sait simplement qu'il lui faut avancer dans cette direction. Bien que plus bas dans le ciel, le soleil reste aveuglant et dégage une chaleur étouffante. Après plusieurs centaines de mètres parcourus, la cadence de la femme ralentit. Afin de calmer la chamade dans son cœur, elle se met à prier. Dans les moments difficiles, Rose-Délima s'en remet invariablement à la Vierge Marie. Elle lui voue un amour sans bornes, admirant le courage et la force de cette femme qui a connu la persécution, le déracinement. Pour Rose-Délima, Marie est l'exemple de la femme forte et fière.

Et les mots résonnent dans sa bouche en un murmure incompréhensible, rythmant sa démarche, contrôlant sa respiration. Un peu plus et elle arriverait à se détendre. Mais comment raisonner une impulsion ? Seule la prière sait apaiser l'indicible. Elle s'y voue corps et âme. Elle traverse le village pour se diriger vers le nouveau cimetière près du rang du Moulin. À l'horizon se dresse la maison des Francœur. Une de ses pensées s'envole vers eux. Rose-Délima ne les côtoie pas beaucoup, mais elle apprécie cette famille travaillante et unie. La grosse Freda est une bonne femme, dont la générosité est égale à sa corpulence. Elles ont fait la petite école ensemble et, à l'époque, elles étaient inséparables.

— Il faudrait qu'on les visite plus souvent, se persuade Rose-Délima. Simplement pour dire bonjour, pour entretenir de bonnes relations de voisinage.

Le regard fixé sur le pignon de la maison, elle voit le bâtiment s'agrandir de minute en minute. Sur le perron, elle devine une animation inaccoutumée. Mue par une intuition, elle s'avance dans le rang, se dirige vers le moulin et la seule maison qui s'y dresse. En se rapprochant, elle perçoit des cris étouffés. Sans réfléchir, sans écouter la gêne qui normalement l'aurait retenue – elle déteste passer pour une écornifleuse – elle remonte l'allée menant au domicile des Francœur.

Ils sont tous là : le père, la mère et les enfants. Ils forment un cercle autour d'un amas que Rose-Délima ne distingue pas. Freda, d'ordinaire souriante, pleure dans les bras de son J.-A., qui la maintient fermement. L'expression de l'homme est sévère. Il serre les mâchoires. Les plus jeunes pleurent, les plus vieux paraissent sous le choc. Elle remarque à peine Adéla, assise sur les marches comme une poupée démembrée que l'on aurait oubliée dans un coin. Rose-Délima pénètre dans le cercle formé par ces corps. Elle voit, à ses pieds, le corps de Georges-Étienne couché dans l'herbe tendre. Elle sent sa tête chavirer, son ventre lui fait mal. Pour oublier la douleur, elle s'approche du couple, ouvre ses bras maternels, de petits bras moelleux et accueillants.

Freda s'y précipite et enfouit son visage dans l'épaule de son amie. Rose-Délima plonge ses yeux dans l'ébène du regard de J.-A.

— Qu'est-ce qui s'est passé ?

— Le petit est parti à la rivière tôt ce matin. Mathias et Adéla m'ont aidé à le chercher. C'est elle qui l'a trouvé.

De la tête, il pointe sa fille toujours assise sur les marches du perron.

— Avez-vous une idée de qui a pu faire ça ?

— Non, mais si je mets la main sur le monstre qui a osé poser un geste pareil, je garantis qu'il vivra pas pour fêter ses cent ans. Maudit baptême de monde !

Prenant conscience de ses paroles, J.-A. bafouille, regarde ses pieds.

— Pardon Rose-Délima, excuse mon langage.

— Y a pas d'offense J.-A. T'en fais pas avec ça.

Au même instant, le son d'un moteur se fait entendre. L'automobile d'Aurel tourne sur la route de l'Église et traverse le pont à bonne vitesse.

— La commande de Labonté est pas prête. Je lui avais dit qu'il pourrait venir la chercher à soir. Mathias, faudrait que tu t'en occupes.

— Je veux bien papa, mais il y a une vache sur le point de vêler. Elle aura besoin de mon aide.

— Ta mère s'en chargera.

Mathias regarde son père, puis sa mère qui pleure toujours dans les bras de Rose-Délima. Ses yeux reviennent vers son père pour lui faire comprendre qu'il vaut mieux ne pas compter sur elle pour l'aider.

— Ta femme est pas en état de faire quoi que ce soit pour aujourd'hui, atteste Rose-Délima. Freda, viens dans la maison avec moi, tu peux pas t'occuper d'une vache dans cette condition. Labonté attendra son bois.

Sur ce, elle conduit Freda à l'intérieur et elles disparaissent suivies des deux plus jeunes de la famille. La voiture d'Aurel s'engage dans l'allée. Il s'arrête à distance et sort de son véhicule. Il s'apprête à lancer un bonjour à la ronde, quand il comprend que quelque chose ne tourne pas rond. Il contemple la scène, se rapproche en silence.

— Qu'est-ce qui vous arrive ? finit par demander Aurel.

— Votre bois est pas prêt et ne le sera pas pour aujourd'hui, lui répond J.-A.

Aurel continue de dévisager les gens qui l'entourent, évitant instinctivement le corps sur le sol. Mais leur attitude l'oblige à baisser le regard. Il voit alors Georges-Étienne et recule d'un pas.

— Mon Dieu, qu'est-ce qui s'est passé ? demande Aurel paniqué.

— Faut pas mêler le Bon Dieu à cette histoire, lui répond J.-A. Si le Bon Dieu s'en était mêlé, rien de tout ça serait arrivé.

— Où l'avez-vous trouvé ?

— Près de la rivière, non loin d'un méandre où il aime jouer. Aimait...

Aurel se penche pour vérifier l'état du corps. Il se relève prestement.

— La même chose que pour la petite Fournier. Pensez-vous que ça puisse être l'œuvre d'une bête sauvage ?

Perdu dans sa souffrance, J.-A. ne sait pas quelle réponse donner.

— C'est certain qu'avec la sécheresse qu'on connaît, les animaux souffrent du manque d'eau. Ils s'approchent de la rivière. J'ai vu des lièvres et des renards cette année comme j'en ai pas vu souvent. Est-ce que ça pourrait être un loup ? Ce genre de blessure laisse présager le pire.

Les deux hommes demeurent en silence à contempler la mort dans ce qu'elle a de plus ignoble. La sauvagerie qui se devine encore malgré le tissu sur le petit corps lacéré, la souffrance qui en émane toujours, font taire pour un instant le bruit du monde.

— Papa ?

— Oui, Mathias.

— Est-ce que ça vous dérange si je vais voir la vache ? Il faut s'occuper des bêtes, vous comprenez ?

Troublé, J.-A. cherche le réconfort sur le visage de son grand gars de dix-sept ans. Il sait que Mathias aimait Georges-Étienne autant que lui. Il sait également que son fils saura vivre son deuil au contact des animaux, par le travail du corps qui berce l'esprit. Le père voudrait garder son plus vieux avec lui pour l'aider à passer à travers cette épreuve, mais il ne se sent pas le courage de l'éloigner de sa solitude salvatrice.

— Vas-y, mon gars.

— Merci.

En cet instant, sans le besoin de la parole, père et fils comprennent l'affliction de l'autre. J.-A. se retourne vers Aurel tandis que Mathias prend le chemin de l'étable.

— Georges-Étienne est triste à regarder, se confie J.-A. Quand Freda l'a aperçu, elle s'est effondrée. Heureusement que ma chemise cachait le plus gros. Je sais pas ce qu'on va pouvoir faire pour arranger ça.

— Si vous voulez, lui propose Aurel, je peux l'amener à la maison, ma mère saura le rendre présentable.

— Je veux qu'il reste ici. Freda préférerait peut-être s'en charger elle-même.

Au même moment, Rose-Délima sort de la maison, descend la galerie et s'approche des deux hommes debout dans l'allée.

— Ta Freda est couchée, dit-elle à J.-A. Je lui ai fait une ponce pour qu'elle puisse dormir un peu. À mon avis, une mère doit pas s'occuper de ça.

— Je vais aller chercher ma mère au village, décide Aurel. Je la ramène ici.

— Va rejoindre ton fils à l'étable, continue Rose-Délima. Je vais m'occuper du repas avec Oliva. Aurel, auriez-vous l'obligeance d'arrêter chez moi dire à Blanche de préparer le souper ? Si vous voyez mon Lorenzo, je souhaiterais que vous l'informiez de ma présence ici.

— Je lui ferai savoir, lui promet Aurel, soyez sans crainte.

Pris en charge par Aurel et Rose-Délima, J.-A. se laisse mener sans opposer de résistance. Le découragement qui émerge rase sur son passage toute l'énergie et la contenance qu'il affichait jusque-là. Deux lacs se forment aux coins de ses yeux. Quand le barrage de ses paupières est sur le point de céder, il les remercie pour tout et se dirige vers la bâtisse où se trouve déjà Mathias.

— Pauvre homme, dit Aurel.

— Pauvre famille, oui, renchérit Rose-Délima. Si ça devait arriver à l'un des miens, je sais pas comment je réagirais.

Sur ces mots, ils se quittent, conscients que la soirée sera longue.

En stationnant sa McLaughlin-Buick devant la maison des Tanguay, Aurel aperçoit la silhouette de Blanche qui se dévoile à travers la porte-moustiquaire. Il n'a pas revu la jeune femme depuis l'enterrement de Léa, aussi se sent-il mal à l'aise à l'idée d'être en sa présence. Il sort de son véhicule et grimpe les quelques marches menant sur la galerie. Elle reste derrière la porte sans parler.

— Bonsoir.

Aurel se racle la gorge, attend une réponse qui ne vient pas. Il enlève son chapeau. Malgré le fin treillis qui les sépare, il peut voir la beauté de Blanche. Elle le trouble.

– Votre mère...

Ses cheveux défaits et sa peau bronzée lui donnent un air d'amazone, avec ses seins fermes qui étirent le tissu de sa robe blanche, dévoilant leur forme généreuse. Aurel a le souffle coupé devant cette délicieuse jeunesse. Pendant une seconde, il oublie le drame qui le conduit en ce lieu pour se repaître de la vie qui coule dans les veines de Blanche.

La jeune femme remarque le désir d'Aurel. Elle devine qu'elle attire le regard des hommes, mais c'est la première fois qu'elle ressent l'excitation que sa présence provoque. Pour elle, Aurel symbolise l'audace, la liberté, mais également le danger. Elle a vu avec quelle force il peut traiter l'adversité, elle l'a entendu se battre pour défendre ses idées. Cet homme la séduit et l'effraie à la fois. Le bafouillage d'Aurel amuse Blanche, aussi attend-elle quelques instants avant de dépêtrer son interlocuteur de l'embarras.

– Vous me disiez que ma mère, puis vous vous êtes interrompu, lui rappelle Blanche.

– Oui, votre mère! Elle m'a demandé de vous aviser. Elle est prise pour la soirée. Elle ne peut pas s'occuper de votre souper. Elle m'a demandé de vous dire de vous en charger.

– Elle est chez les Francœur?

– Comment savez-vous ça?

– Mon petit doigt me l'a dit.

La jeune femme sourit. Troublé, Aurel ne sait pas quoi dire, quoi penser. Couplée à sa beauté, l'attitude de Blanche augmente la gêne qu'il ressent.

– Bon, je vous retiendrai pas plus longtemps.

Aurel met son chapeau, tourne les talons.

– Monsieur Labonté?

Il fait volte-face pour regarder l'aînée des Tanguay à nouveau.

– Dites à ma mère que je m'occupe de tout.

— Oui.

— En passant, je sais où elle est parce que je l'ai vue se diriger vers le rang du Moulin lorsque je suis revenue des petites fraises tantôt.

— Vous avez vu juste ça ?

— Oui.

— Vous en êtes certaine ?

— Aurait-il fallu que je voie autre chose ?

— Non.

— Et vous, en êtes-vous bien certain ? Vous êtes sûr que vous n'avez rien à me dire concernant les Francœur ?

Blanche regarde Aurel qui se fige à deux pas de la porte. Elle sourit, malicieuse. L'homme s'avance d'un pas et approche son visage de celui de la jeune femme. Seul le fin treillis les sépare.

— Non, rien du tout. Et toi ?

Blanche s'enfonce dans la noirceur de la maison et cache le rouge que le tutoiement a fait jaillir sur ses joues. En se rendant à son automobile, Aurel remarque Lorenzo qui arrive sur la route. Il va à sa rencontre.

— Aurel, quel bon vent vous amène ? lance Lorenzo au loin.

— Rien de bon malheureusement. On a retrouvé Georges-Étienne près de la rivière, annonce Aurel gravement.

— Le petit Francœur ? demande Lorenzo.

— Oui. Il est mort.

— Seigneur.

— Votre femme se trouve avec la famille. Elle va s'occuper de Freda et des enfants. Ils sont sous le choc, vous comprenez.

— Voulez-vous ben me dire ce qui se passe dans notre village ? On dirait que le Bon Dieu s'évertue à nous envoyer des malheurs. J'imagine qu'il faut en informer le curé.

— À mon avis, ça presse pas.

— Et maintenant, demande Lorenzo, ignorant la remarque, vous faites quoi ?

— Je m'en vais chercher ma mère pour qu'elle arrange le corps.

— Lui aussi est éventré ?

— Je l'ai pas bien vu, mais, ajoute Aurel, il me semble assez mal en point.

— Quel gâchis ! dit Lorenzo, vanné, comme si le poids du monde s'abattait sur ses épaules. Je vous laisse aller. J'irai sûrement faire un tour plus tard, pour voir s'ils n'ont besoin de rien. J'en profiterai pour ramener Rose-Délima.

Ils se quittent sans manière. Aurel monte dans son véhicule et le fait démarrer bruyamment. Durant le trajet qui sépare leurs deux maisons, il ne cesse de penser à Blanche, à sa présence qui le trouble et fait monter en lui une soif inextinguible.

Il regarde la route se dérouler devant et sa maison qui approche. Au loin sur la galerie, il aperçoit sa mère qui se berce. Un tricot dans les mains, elle regarde le soleil descendre sur les collines entourant le village. À la vue de son fils, elle se lève.

— Tu as le visage des mauvaises nouvelles.

— Je suis venu vous chercher.

— Il y a un autre mort ?

Le fils hoche la tête.

— Je vais prendre ce qu'il me faut, tu m'expliqueras en chemin.

Elle entre dans sa maison pour en ressortir quelques minutes plus tard, les mains chargées de son attirail d'accoucheuse. Elle s'installe à l'avant du véhicule, après avoir tout rangé sur le siège arrière. Aurel démarre.

— Chez qui on va ? demande Berthe.

— Chez les Francœur.

— Lequel des enfants ?

— Georges-Étienne, répond Aurel sans emphase.

— Le plus jeune, encore une fois. C'est arrivé quand ?

— Ce matin ou cet après-midi. Il est allé à la pêche tôt dans la journée, à ce qu'on dit. En le voyant pas revenir, son père est parti à sa recherche.

— C'est lui qui l'a retrouvé ? continue Berthe.

— Non, Adéla.

— Elle l'a retrouvé où ?

— Près de la rivière.

— On voulait qu'il soit retrouvé facilement.

— Vous pensez tout de même pas que quelqu'un ait pu faire une chose pareille, s'exclame Aurel.

— Tu veux que ce soit quoi ? questionne sa mère.

— Je sais ben pas. Un loup sûrement.

Berthe ne réplique pas. Aurel s'obstine.

— Qui pourrait avoir fait ça ? Pourquoi ?

— Je sais pas, Aurel. Un loup, comme tu dis.

— Je vous connais, la mère. Vous croyez pas que c'est un loup. Je parierais même que vous avez une petite idée sur l'auteur de ces morts.

— Si tu le dis, répond Berthe.

— À qui pensez-vous ?

— Tu penserais à qui, toi ?

— Je l'ignore, dit Aurel.

— Supposons que l'on ait affaire à quelqu'un ; qui aurait avantage à faire mourir des enfants ?

— Avantage ? Quelqu'un de perturbé.

Aurel réfléchit et continue.

— Quelqu'un qui est en colère. Oui, un homme qui couve un ressentiment immense et qui n'arrive pas à le contrôler. S'attaquer à des enfants, quelque part, c'est facile. Ils peuvent pas se défendre.

— Un homme ?

— Oui. Ou une femme. Ç'a pas d'importance. Et vous, vous pensez quoi ?

— Je suis ben d'accord avec ton idée. Je dirais même que c'est quelqu'un du village, ajoute Berthe.

— Pourquoi ?

— Je sais pas, une intuition. Attaquer en plein jour puis disparaître sans être vu, il me semble qu'il faut bien connaître les lieux pour y arriver.

— Tout le monde peut se cacher dans les bocages, les forêts. C'est facile de disparaître.

— Si tu le dis.

Le fils et la mère se taisent pour regarder le soleil brûler la plaine desséchée.

— Je me demande ce qui a pu soulever une telle colère, dit Berthe.

— Probablement pas grand-chose.

— Mais encore ?

— Une broutille, répond Aurel. Une insulte. Une frustration de longue date qui est pas réglée.

— Pourquoi maintenant ? demande Berthe.

— Parce que l'occasion s'est présentée. Par hasard. Qui sait, peut-être même par accident.

Le ton d'Aurel change. Il devient énervé, presque excité. Berthe se retourne vers son fils et le dévisage.

— M'as-tu tout dit sur ce que tu sais de ces morts, mon fils ?

— Je vous ai tout dit. Maintenant, tout ça, c'est des suppositions. Je continue à croire que c'est un loup.

Berthe s'enfonce dans le silence. Elle regarde le paysage qui défile, se cramponnant à sa sacoche. Elle a toujours un peu peur dans la machine de son garçon, mais son orgueil l'empêche de le dire. Elle se laisse alors conduire sans se plaindre, bien que la vitesse l'étourdisse.

Le moulin se dresse à l'horizon. Outre les Francœur, qui font rouler la scierie, aucune autre famille n'habite le rang. Ils ont repris le moulin quand l'ancien propriétaire est décédé sans faire d'héritier. Tout le village connaît la bonne humeur et le franc-parler de la grosse Freda. Si certains se choquent de ses propos, Berthe apprécie son honnêteté et sa franchise. On peut reprocher un tas de choses à Freda, mais on ne peut pas la traiter d'hypocrite. Voilà à quoi pense Berthe en s'approchant du domicile des Francœur.

Aurel se stationne sur le terrain, face à la maison. Sur le perron, Adéla n'a pas bougé. Le regard fixe, l'expression de pierre, elle se trouve à des miles de distance. Berthe ressent un pincement en la voyant ainsi.

– Pauvre petite, dit-elle.

La femme sort de la voiture et se dirige avec précaution vers la jeune femme devenue statue humaine.

– Allez ma grande, dis-moi ce qui t'arrive, demande Berthe à Adéla.

– Mon frère est mort, répond Adéla mécaniquement.

– J'ai appris la nouvelle. Tu l'aimais beaucoup ?

– Non, justement, je l'aimais pas. Mais tout le monde l'aimait tellement. Georges-Étienne est si petit. Georges-Étienne est si beau, si intelligent. Ah, Georges-Étienne ! Y en avait que pour lui. Personne ne le regardait franchement, ne voyait ce qu'il était vraiment.

– Comment était-il ?

Adéla s'emporte, sa respiration s'accélère.

– C'était un petit sauvageon, lance la jeune femme d'un trait. On lui passait tous ses caprices sous prétexte qu'il avait failli mourir à la naissance. Je le voyais, moi, qu'il était gâté, pourri. C'était un monstre, oui, un petit monstre. Si on lui avait pas toujours passé ses lubies, il serait pas mort aujourd'hui. Mais non, Georges-Étienne c'était le petit Jésus réincarné. On n'a pas fini d'en entendre parler.

– Je peux comprendre.

– Non, vous pouvez pas, se retient de hurler Adéla.

De grosses perles trempent les joues de la jeune femme. Adéla pleure. À travers ses sanglots, elle continue de vider son cœur à Berthe.

— Non, vous comprenez pas.

— Explique-moi, répond doucement Berthe.

— J'ai espéré qu'il lui arrive quelque chose, pour le punir, pour lui faire entendre raison, sanglote Adéla. Je croyais qu'il nous organisait encore une de ses manigances pour attirer l'attention comme s'il en avait besoin. J'ai désiré... Je l'ai souhaité...

Adéla s'effondre. Berthe assoit son corps fatigué sur les marches et pose une main réconfortante sur l'épaule qui tremble, secouée par les hoquets du cœur qui se déversent.

— Tu as espéré qu'il disparaisse ? demande doucement Berthe.

— Oui. Mais pas pour toujours, pas comme ça. Je voulais pas qu'il parte pour de bon. Je voulais pas le voir mort.

Dehors, maintenant, c'est presque la nuit. Il ne reste qu'une ligne rose orangé qui s'éteint sur une butte au loin.

— C'est pas ta faute, susurre Berthe à l'oreille d'Adéla.

— Je sais ben, mais... cherche à répondre la jeune femme.

— Ce n'est pas ta faute, répète Berthe fermement.

Les larmes redoublent d'ardeur.

— Regarde-moi, ordonne Berthe à Adéla.

Adéla lève la tête. Sous son front volontaire, ses yeux noisette brillent d'un éclat doré. Ses joues, elles, sont roses et rondes.

— Ce n'est pas ta faute, répète une dernière fois Berthe.

— Merci.

Berthe sent la tension quitter le corps juvénile et le calme revenir. Rassurée, elle se lève péniblement et entre dans la maison. Dans la cuisine, on s'affaire à débarrasser la table, à nettoyer après le souper. Rose-Délima occupe ses mains et son esprit à mille et une petites tâches inutiles, debout près du comptoir. Avertie par le silence soudain des enfants, elle se retourne pour voir qui arrive.

— Mon Dieu, lance Berthe en voyant la femme enceinte, c'est un petit démon qui te pousse dans le ventre.

Rose-Délima caresse son abdomen.

— Tu crois pas si bien dire, lui répond-elle. De toutes mes grossesses, c'est la plus mouvementée.

— Je croyais que tu devais accoucher en septembre.

— Je le devrais, confirme Rose-Délima. Celui-là en profite pour deux.

— Tu es certaine qu'il te reste deux mois ? insiste Berthe. Pour moi, tu vas accoucher d'ici une quinzaine. Grosse comme tu es, ça m'étonnerait pas de lui voir le bout du nez avant la fin juillet ; tu m'en diras tant. Ça risque d'être un accouchement exigeant. Viens me chercher aux premières douleurs. Attends pas comme la dernière fois.

— T'inquiète, la rassure Rose-Délima, je te ferai chercher. Tu es ici pour...

— Oui. La Freda ? demande Berthe.

— Couchée. D'ailleurs, dit Rose-Délima aux quatre enfants assis à la table, il est temps de retrouver vos lits. Allez, on monte.

Sans rechigner, les plus grandes prennent les mains des plus petites et toute la troupe rejoint les chambres à l'étage.

— Il est où ? s'enquiert Berthe une fois les enfants partis.

— Ils l'ont installé dans la cuisine d'été, lui répond Rose-Délima. Il y fait un peu plus frais.

— Y a pas pire épreuve que de perdre un enfant. Imagine, perdre un fils... En plus, celui-là, ils ont eu tant de mal à le réchapper.

— La vie est ben mal faite des fois.

Rose-Délima termine d'essuyer le comptoir, puis plie sa guenille. Chacune pour soi, les deux femmes méditent sur les récents événements qui ont troublé ce village normalement si paisible et qui burinent sur leur visage des sillons de tristesse et de crainte.

— C'est pas tout ça, réalise soudain Berthe, mais il faut que je me mette à l'ouvrage.

— Tu veux un coup de main? lui propose Rose-Délima.

— Dans ton état, c'est pas très sage.

— Tu sauras, Berthe Labonté, que je suis enceinte, pas infirme. Aux dernières nouvelles, je suis encore capable de m'occuper de ma famille et d'être utile.

— C'est pas l'effort qui m'inquiète, Rose-Délima, mais la vision qui nous attend. Ton mari m'a dit que tu as eu un malaise il y a une couple de semaines. Je voudrais pas que tu sois ébranlée à nouveau.

— T'en fais pas, tout ça, c'est du passé, la rassure Rose-Délima. Je vais beaucoup mieux. Tu le sais, toi, comment une grossesse peut nous chambouler, nous, les femmes.

Une question brûle les lèvres de Berthe, mais la crainte de la réponse la fait hésiter. Elle sait que Rose-Délima voit des choses parfois. Elle prend un air détaché pour camoufler son malaise et ose.

— Si tu es ici à soir, commence Berthe, c'est pas juste une coïncidence. Tu me feras pas accroire que tu es venue te balader dans le rang.

— Non. Tu as raison.

— Tu as vu qui a fait ça aux enfants? Je veux dire, as-tu eu des visions?

— Non, je sais pas qui est le coupable, répond Rose-Délima. J'ai eu des visions, mais j'ai pas vu les morts. J'ai vu des paysages, des visages, mais j'arrive pas à saisir ce qu'il en est vraiment. On dirait que je m'endors en plein travail. Quand je me réveille, je suis pas certaine de comprendre ce qui m'arrive. À chaque fois, il me reste la sensation d'un visage familier qui s'évapore devant mes yeux, mais je ne parviens pas à le définir...

— Est-ce que ça pourrait être un loup?

— Peut-être.

Les deux femmes se taisent, laissant le temps au tourment de s'emparer de leur cœur. En levant les yeux, la sage-femme remarque les joues pâles de Rose-Délima.

— Tu m'inquiètes, dit Berthe. Tu ferais mieux de rentrer chez toi et de prendre du repos. Laisse-moi m'occuper du garçon et, toi, va te coucher.

— Si tu veux pas que je t'assiste, dis-le-moi clairement. Te cache pas derrière des prétextes. Je reste ou je quitte?

— Reste, si tu insistes.

— On le ramène ici? demande Rose-Délima.

— Non, on va tout faire là-bas. Prépare-nous un bon thé pendant que je vais chercher le barda que j'ai laissé dans la voiture.

L'accoucheuse retourne à l'extérieur. Adéla n'est plus sur la galerie. Aurel, debout dans l'allée, fume.

— Est-ce que tout va à votre goût? demande Aurel à sa mère.

— Oui. Je suis venue chercher mon matériel.

— Avez-vous besoin d'aide?

— Non merci, Aurel. Rose-Délima s'est proposée, nous devrions être correctes.

— S'il y a quoi que ce soit, faites-le-moi savoir.

— Où est Adéla? interroge Berthe.

— Elle est partie se promener, lui répond Aurel. Elle avait besoin de respirer un peu.

— Tu aurais pu l'accompagner. Tu la laisses partir seule en pleine nuit alors que tu crains la présence d'un loup. C'est pas sérieux.

— Elle voulait pas de moi. Je me suis proposé, vous pensez ben.

Berthe plonge son regard au fond de la nuit, puis retourne à l'intérieur. Dans la cuisine, le thé est infusé. Rose-Délima se repose devant une tasse fumante. Elle pense à sa conversation avec Berthe. La lucidité de cette femme la trouble. Bien qu'elle refuse de l'admettre, elle sait que son malaise, il y a quelques semaines, n'est pas étranger à la mort de la petite Fournier. L'angoisse qui l'a conduite ici, alors qu'elle ignorait la situation, la perturbe également.

— Tu m'as l'air songeur.

Elle sursaute au son de la voix de Berthe.

— À quoi penses-tu ? demande l'accoucheuse.

— Voir de si jeunes enfants mourir me fait beaucoup de peine, lui répond Rose-Délima.

— C'est pas facile. Cette histoire me rappelle ce qui est arrivé, il y a quelques années, tu te souviens ? questionne Berthe.

— De quoi ?

— De ces animaux qu'on avait retrouvés dans un sale état. Des images me reviennent parfois. Te rappelles-tu ?

— Vaguement, dit Rose-Délima, c'était il y a longtemps. J'étais une toute jeune fille.

— Tu venais à peine de te marier. Tu étais enceinte de Blanche.

Les deux femmes se tiennent devant la table en silence. Elles repassent, chacune de leur côté, les souvenirs de cette époque révolue.

— Pourquoi penses-tu à cette histoire ? demande Rose-Délima.

— Il me semble que les morts se ressemblent.

— En quoi ? Explique-toi, Berthe, je me souviens pas très bien.

— Je sais pas comment l'exprimer... Oublie mes paroles. Ce sont des âneries de vieille femme.

Berthe regarde Rose-Délima attentivement.

— Toujours certaine de vouloir me donner un coup de main ? redemande-t-elle, hésitante à garder Rose-Délima à ses côtés.

— Tout à fait, répond cette dernière, inébranlable.

Rose-Délima prend les tasses de thé et les deux femmes se dirigent vers la cuisine d'été. À l'ouverture de la porte, une forte odeur les assaille : un mélange de chair faisandée et d'ex-crément que la chaleur de la pièce accentue. Instinctivement, Berthe recouvre sa bouche et son nez de sa main libre alors que Rose-Délima recule d'un pas.

— Quelle odeur ! dit Rose-Délima.

— Les tripes ont dû être fendues, soupçonne Berthe. Ce sera plus compliqué que je le prévoyais. Il nous faudra de l'eau chaude pour laver nos mains, je suppose.

— Il en reste du thé. Je vais la chercher.

Sans attendre de réponse, Rose-Délima quitte la pièce, en emportant le thé avec elle. Elle revient immédiatement les bras chargés d'une bassine. Berthe dépose son matériel à même le sol et s'approche de l'enfant allongé sur la table.

— Mets la bassine sur la chaise, lui dit Berthe. Aide-moi, on va lui enlever la chemise qui retient son ventre en place.

De leurs mains agiles, leurs mains de mère, elles défont les boutons de la chemise et doucement elles décollent le tissu que le sang séché a fait adhérer à la peau. Puis, avec des ciseaux, elles découpent la camisole de Georges-Étienne. À l'aide d'un linge, elles lavent le torse nu du petit qui se dévoile à elles. Une fois le corps nettoyé et qu'il ne reste que le trou béant d'où sortent les entrailles, Berthe manipule délicate-ment les intestins afin de les réintégrer dans le ventre et de vérifier la source de l'odeur.

— Non, je vois rien, pas de déchirure, pas d'ouverture. L'odeur provient pas de là.

Rose-Délima contemple le ventre de l'enfant et les mains de l'accoucheuse, puis jette son regard au fond des yeux de Georges-Étienne.

— Le petit s'est probablement fait dessus. Je me demande qui a pu lui ouvrir le ventre aussi méchamment.

— Certainement pas un animal sauvage, affirme Berthe.

— Qu'est-ce qui te fait dire ça ?

– Regarde la plaie, Rose-Délima, dis-moi ce que tu vois.

– Qu'est-ce que je vois ? Je vois un trou béant, de la chair déchirée, de la peau déchiquetée. Qu'est-ce que je devrais voir ? demande mal à l'aise Rose-Délima.

– Est-ce que tu vois des coups de griffes ? questionne Berthe. Des marques de dents ?

Rose-Délima regarde le corps de Georges-Étienne minutieusement. Elle examine les détails de la peau à l'endroit où elle a été lacérée.

– Non, je vois rien, avoue Rose-Délima.

– Dis-moi maintenant comment un animal peut tuer sans laisser de marques ?

– Je sais pas, Berthe.

– Tu crois que quelqu'un du village aurait pu...

– Peut-être.

Rose-Délima fixe Berthe, puis l'enfant. Elle observe avec attention le petit corps, cherchant dans le tableau de cette souffrance une réponse à ses questions.

– Vilmer m'a dit que... qu'il manquait... Tu lui as dit que la petite Fournier n'était pas complète. Et lui ?

Berthe hésite, scrute le visage de Rose-Délima.

– Il a plus son foie, confirme-t-elle. Et puis, regarde, il y a du bleu autour de son cou. On dirait qu'il a été étranglé, mais la blessure semble faite à coups de couteau. Un vieux couteau avec une lame émoussée. Je te dis, je sais pas quoi penser.

– Supposons que c'est quelqu'un, dit Rose-Délima, qui oserait ?

– Je... Je... J'en parlais avec mon fils en venant ici. Nous nous sommes mis d'accord sur un point : si un être humain est capable d'une telle monstruosité, alors il doit être malade ou perturbé.

– Perturbé. Mais par quoi ?

— Je sais pas. Parfois, la chaleur rend fou. Avec cette sécheresse, quelqu'un a peut-être défailli et perdu la tête. C'est peut-être autre chose. Comment savoir ? Allons, il faut finir cet ouvrage au plus pressant.

— Que fait-on ? On lui enlève sa culotte courte ?

— D'abord, refermons son ventre, suggère Berthe. Il sera plus facile de manipuler le corps par la suite.

Malgré l'état du cadavre, il subsiste suffisamment de peau pour ravauder la blessure. L'opération avance vite grâce aux mains habituées par le travail de l'aiguille. Une fois le ventre cousu, les deux femmes contemplent leur ouvrage.

— Il faudrait faire quelque chose pour son visage, propose Rose-Délima.

— Fermons-lui les yeux, dit Berthe. Nous pouvons rien faire malheureusement pour modifier son expression.

— Quel bel enfant tout de même !

Rose-Délima effleure doucement la tête du garçon.

— Je vais voir si Aurel n'aurait pas deux pièces pour maintenir ses paupières closes.

Berthe quitte la cuisine, laissant la femme enceinte avec l'enfant. Une fois seule, Rose-Délima s'active à déshabiller Georges-Étienne. En lui enlevant sa culotte courte et son caleçon, elle découvre la cause de la puanteur. Comme elle le ferait avec un bébé, elle soulève les jambes de l'enfant, lui nettoie les fesses. Ensuite, elle baigne le corps à demi ankylosé par la rigidité cadavérique. Elle se surprend à le trouver petit, léger. Avec un amour maternel, elle finit de lui laver le visage, le cou, les bras et les aisselles.

Quand Berthe revient, les mains chargées de vêtements d'enfant propres, elle découvre Rose-Délima à la tête du bambin, lui caressant le front.

— Excuse-moi, dit Berthe en rentrant dans la cuisine, j'ai été longue. Je suis allée voir la famille, présenter mes condoléances et m'assurer que tout le monde va bien malgré la situation. Adéla m'inquiète, mais je crois que tout devrait s'arranger. Comme on dit, le temps arrange bien des choses.

Voyant le garçon nu sur la table, elle dépose le linge sur une chaise.

— Je vois que tu t'es chargée de le laver, réalise Berthe en posant les yeux sur Georges-Étienne. Rose-Délima, est-ce que tu vas bien ?

La femme enceinte relève la tête, les joues baignées de larmes. Dans ses yeux brille une lueur étrange. Berthe a l'impression d'avoir un fantôme devant elle.

— Rose-Délima ?

Un cri insonore, une douleur sans mot déforment ses traits. Elle ouvre la bouche toute grande, porte la main à son ventre. Le coup qui lui déchire les entrailles l'oblige à se plier en deux. Rose-Délima perd connaissance.

Après avoir averti sa fille de ne pas attendre le retour de sa mère, Lorenzo monte dans sa carriole. Il fouette sa bête fatiguée et se dirige vers le presbytère. Cet imposant édifice blanc qui se dresse à quelques pas de l'église l'amène à se demander comment on peut prêcher la pauvreté alors qu'on loge les curés dans des manoirs. Il cogne à la demeure du curé Couture. Ne le voyant pas apparaître, il frappe une seconde fois un peu plus fort. Impatient, il ose appeler le vieil homme à travers le treillis de la porte moustiquaire. Il entend alors du mouvement à l'étage, puis il voit deux jambes flageolantes en haut de l'escalier.

— Qui est là ?

– C'est moi, Lorenzo.

– Mon bon Lorenzo entre, entre. Tu m'excuseras si je ne descends pas à ta rencontre, je me sens un peu fatigué.

Le bedeau ouvre la porte et grimpe l'escalier pour retrouver Damase Couture.

– J'ai à vous parler.

– Tu me sembles préoccupé. Viens, allons au boudoir, nous pourrons discuter confortablement.

Les deux hommes se dirigent vers une petite pièce au fond du corridor. Ce que le curé appelle son boudoir est en réalité une chambre à coucher où il a mis deux sièges d'un confort douteux, une table basse et un petit bar où quelques bouteilles d'alcool poussiéreuses trônent dans l'attente d'être bues.

– Je t'offre un verre ?

– Non merci.

– Bien, je n'en avais guère envie également.

Damase s'assoit, Lorenzo l'imite. Ils restent un petit moment à écouter les bruits de la maison amplifiés par la grandeur et le vide.

– Qu'y a-t-il, Lorenzo, demande Damase, tu parais soucieux.

– Un autre malheur s'est abattu sur notre village, avance Lorenzo.

– Un autre enfant est mort ?

– Qui vous l'a dit ?

– Personne, dit Damase. C'était à prévoir. On a désobéi à Dieu en enterrant cette pauvre enfant dans un lieu païen.

Enragé par le souvenir, le curé subit alors une quinte de toux qui, le vidant de ses forces, le laisse livide sur son siège, les yeux clos. Depuis une semaine, voire deux, ses douleurs à l'estomac font place à des problèmes respiratoires. Refusant d'admettre que son état s'aggrave, Damase ne veut pas consulter son médecin pour connaître le diagnostic qui risquerait de raccourcir le nombre de jours qu'il lui reste à vivre.

— Monsieur le curé, s'inquiète Lorenzo, il faut pas vous énerver autant, vous vous faites du mal pour rien.

— Ça va, ça va, le rassure Damase. Je me sens bien. Dis-moi, Lorenzo, de qui parle-t-on ?

— Du dernier-né de la famille Francœur, Georges-Étienne.

— Georges-Étienne. Quel âge a-t-il ?

— Pas tout à fait huit ans. Vous savez le fils qu'ils ont failli perdre plusieurs fois...

— Oui, oui, je me souviens. Déjà huit ans. Le Bon Dieu enlève encore une âme pure, une âme noble. J'espère que les Francœur sauront traverser cette épreuve avec courage. J'y vois un signe pour que le destin s'accomplisse.

Lorenzo examine le curé avec attention. Son état l'inquiète. Il n'aime pas savoir son ami âgé vivant seul au presbytère. Il aurait voulu que Blanche s'y installe en attendant le retour de sa gouvernante. Mais le curé refuse. Le bedeau sait qu'il est difficile de faire changer d'avis Damase Couture quand une idée chemine de sa tête à son cœur. Il sent que l'entêtement du vieil homme à vouloir ériger son cimetière au pied du rang du Moulin cache quelque chose, mais quoi ?

— Le destin ? Quel destin ?

En posant sa question, Lorenzo connaît déjà la réponse. Il reste surpris par l'attitude de son curé. On le dirait soudainement en transe, envoûté par un désir plus grand que celui de construire un simple cimetière.

— Ce cimetière n'est pas une idée loufoque qui m'est passée par la tête comme tout le monde semble le penser. On ne parle pas uniquement d'un cimetière. On parle de la mort. La mort qui viendra tous nous prendre. La mort qui a enlevé deux innocents. Que je meure, à mon âge, on s'y attend. Je sais que personne ne me pleurera. Mais eux, où irons-nous les pleurer ?

— Je comprends.

— Non, Lorenzo, tu ne comprends pas. Tu penses également que j'ai perdu mon bon sens. Lorsque j'ai vu la petite Fournier, son visage, sa beauté, un éclair a percuté mon esprit. Il faut lui rendre hommage. Il faut rendre hommage à la pureté, à la jeunesse. Honorer le Seigneur à travers le souvenir de cette enfant. Cette triste histoire nous donne une leçon: la vie est un bien précieux et fragile. Elle est un cadeau qui peut nous être repris n'importe quand, et comme on le voit, n'importe comment.

La foi de Damase rend le bedeau mal à l'aise. Pour se contenir et camoufler sa gêne, Lorenzo ramène son attention au cimetière et non à ce qu'il représente. Il continue à croire que le lieu est inapproprié.

— Êtes-vous certain que le terrain soit adéquat?

— J'en suis convaincu.

— Sauf votre respect, monsieur le curé, cette terre accumule l'eau des fontes, d'où le risque de voir les tombes se remplir au printemps.

— Balivernes! Ne te laisse pas convaincre par des imbéciles, mon bon Lorenzo. Jamais ce terrain n'a été inondé, ni au printemps ni à l'automne et ce n'est pas parce que cet été est un été de sécheresse qu'il fait exception.

Lorenzo ne sait pas quoi ajouter de plus pour le convaincre de revenir sur sa décision. Il est médusé par ce petit homme frêle habité d'une énergie dévorante. Le curé se remet à tousser.

— Vous devriez vous reposer.

— Je n'ai pas le temps.

Damase se lève avec difficulté et s'agrippe à son fauteuil pour ne pas perdre l'équilibre.

— Lorenzo, conduis-moi chez les Francœur. Il me faut leur parler avant qu'Aurel Labonté n'aille semer dans leur esprit son idée de cimetière à laquelle il tient simplement pour me contrarier. Oui, je veux leur parler avant qu'il ne sache ce qu'il leur est arrivé.

— Aurel est déjà au courant. Il doit d'ailleurs s'y trouver. C'est lui qui m'a averti avant d'aller chercher sa mère pour qu'elle s'occupe du corps.

— Alors, nous avons déjà perdu trop de temps, annonce Damase. Donne-moi ton bras pour descendre les marches, allons-y sans attendre.

— Il me semble que vous devriez remettre votre visite à demain. Vous me paraissez fatigué, insiste Lorenzo.

— On dirait, Lorenzo, que tu t'amuses à me contredire aujourd'hui. Ne te fais pas prier pour me conduire chez les Francœur, je n'ai que peu de patience. Si tu ne veux pas, j'irai demander à Alphonse Roy de m'y mener. Je sais qu'il n'osera pas refuser un service que je lui demande, lui.

Piqué, le bedeau obtempère.

— Bon, allons-y.

Lorenzo aide le curé à descendre les marches du presbytère et à monter à bord de sa voiture. Prenant place derrière les rênes, il commande alors à son cheval de s'élancer, mais n'ose accélérer la cadence. Il craint autant de voir son ami projeté hors de l'attelage – Damase semble si léger et si branlant qu'une brise pourrait l'emporter et le faire rouler sur la route comme une feuille morte – que d'user sa monture, qui souffre elle aussi des assauts de la chaleur. Le trajet qui devait prendre une dizaine de minutes s'étire au-delà du quart d'heure, mais ni le curé ni le bedeau ne se formalisent de la lenteur de la bête, chacun parcourant les méandres de leur pensée.

*
**

La maison des Francœur somnole. Hormis une lueur qui émane de la cuisine d'été, il y fait noir. Heureusement que la lune est presque pleine et que le ciel est clair, sinon aucune lumière n'aurait éclairé le chemin de terre qui conduit jusqu'au moulin. Dans cette nuit bleutée, les deux visiteurs remarquent l'automobile garée devant la maison, mais n'aperçoivent pas l'homme assis sur les marches du perron. Pourtant, un esprit attentif aurait observé le tison d'une cigarette brillant dans l'obscurité.

Aurel ne peut réprimer un soupir d'agacement quand il voit le curé Couture aux côtés de Lorenzo. Pas besoin d'être devin pour savoir que, s'il n'apporte pas la pluie tant espérée, l'orage se prépare dans l'air où se trouvent les deux hommes.

Avec l'aide de son bedeau, le curé descend du véhicule. Son pas est chancelant et sa démarche, hésitante. À première vue, on dirait un vieil homme fragile. Et, bien qu'il soit malade, n'en demeure pas moins chez Damase une volonté capable de lui faire déplacer des montagnes. Des relents d'énergie le gagnent parfois et lui redonnent la vigueur de sa jeunesse. Cette énergie anime son corps de façon quasi surnaturelle malgré sa condition physique. Quand il remarque enfin Aurel assis sur les marches – qui n'a pas cru bon de signaler sa présence ni d'enlever son chapeau, comme il est d'usage –, son mouvement se fige de stupeur et de contrariété. Il se ressaisit et, de sa voix sibilante, il s'adresse à l'homme qui ose lui tenir tête. Damase a le regard venimeux.

– Je constate que partout où se dresse le malheur, on vous retrouve, lance Damase à Aurel.

– Je vous renvoie le compliment.

– Sachez, jeune homme, que j'y suis amené par l'exercice de mes fonctions. Quant à vous, on dirait que l'odeur de la mort attise votre ambition.

– À ce que je sache, vous arrivez un peu tard pour délivrer l'extrême-onction. Votre présence ici n'est donc pas essentielle.

— La foi a toujours sa place. Pour elle, il n'est jamais trop tard, d'autant plus pour les familles éprouvées par le malheur. Il semble évident que votre rapport à Dieu est discutable. Si votre attitude irrévérencieuse me faisait soupçonner votre désobéissance à l'œuvre divine, vos propos et vos manières lèvent désormais le doute que je pouvais avoir.

— Je crois pas qu'un simple curé de campagne soit apte à établir un tel jugement.

— Pourtant, un simple curé de campagne, comme vous dites, est apte à excommunier un apostat.

Aurel s'approche du curé :

— Vous êtes un rat, souffle Aurel au visage de Damase. J'hésiterai pas à vous écraser. Vos menaces d'excommunication me font pas peur.

— Un rat ! Quelle comparaison !

Le curé vacille. La rage laboure son cœur. Mal à l'aise devant la hargne de cet échange, Lorenzo tente de calmer les esprits.

— Messieurs, je crois que c'est ni le temps ni le lieu pour régler vos différends. Aurel, auriez-vous l'obligeance de nous indiquer où se trouve J.-A. ?

Se rappelant qu'il y a un témoin, Aurel recule d'un pas et prend un air détaché.

— Vous le trouverez à l'étable avec Mathias, mais ils sont occupés avec une vache. Je crois pas qu'il ait le temps d'entendre ce que vous avez à dire.

Sans tenir compte des propos du jeune homme, Damase se retourne vers le bedeau.

— Ne t'en fais pas, mon bon Lorenzo, nous avons fini de discuter. Il ne sert à rien de raisonner un hérétique. J'espère seulement qu'il ne mènera pas une autre âme innocente en enfer.

Aurel sourit, l'air méchant. Du venin s'échappe de son rictus. Lorenzo s'avance pour protéger le curé, pour empêcher qu'un acte irréfléchi ne se produise, car Aurel semble prêt à tuer. Damase ne bouge pas. Il attend un faux pas de son adversaire. Face à cette attitude provocante, le jeune homme comprend qu'il est vain de s'énerver. Son visage s'éclaire alors d'un sourire sardonique, un sourire victorieux. Il rit.

Le volcan tapi jusqu'alors au fond de l'estomac du vieil homme se réactive devant l'expression d'Aurel. Sans avertissement, une traînée de lave acide explose, remonte le tube digestif, lui brûle l'œsophage et atteint finalement la bouche de Damase. Le relent d'amertume qui envahit sa langue ne lui arrache pas son air narquois. La souffrance fait partie du quotidien du curé.

Aurel se tasse, ouvrant ainsi un passage aux deux hommes pour qu'ils montent sur la galerie. Au moment où ils s'apprêtent à toucher les marches, la porte de la cuisine d'été claque avec fracas d'où apparaît Berthe, affolée.

– Aurel, viens m'aider!

Voyant que son fils n'est pas seul, elle prend un instant pour regarder qui se trouve là.

– Lorenzo, dit-elle, ta femme a eu un malaise. Il faut la sortir. Elle doit prendre un peu d'air.

– Est-ce le bébé? demande Lorenzo inquiet.

– Non, il va bien. Elle a eu un autre coup de chaleur.

Sans attendre davantage, Lorenzo, suivi de près par Aurel, se précipite vers l'annexe de la maison pour retrouver son épouse. Seul, le curé regarde tout le monde s'engouffrer dans la pièce illuminée. Il sent la terre tourner. Il sent la fin qui arrive et il a peur. Il hésite, ne sait où diriger ses pas.

Après un instant de réflexion, Damase se décide. Il chemine vers l'étable où les cris de souffrance d'une pauvre bête se font entendre. Au fond, dans une stalle, deux hommes se penchent au-dessus d'une ombre blanche et noire. Le curé s'avance. J.-A. lève la tête au bruit du foin écrasé et aperçoit le curé. Il fronce les sourcils.

– Bonsoir, monsieur le curé. Que puis-je pour vous ?

– J'ai su pour le drame qui vient de vous frapper. Je vous offre mes condoléances. Je viens voir si vous n'auriez pas besoin d'un soutien spirituel pour vous aider à passer à travers ces moments difficiles.

– Non merci, ça va aller.

Surpris par la raideur de la réponse, Damase ne sait plus quoi dire. Il sent l'urgence de parler de la suite des choses, du cimetière, malgré une voix intérieure – voix qu'il n'écoute pas – lui susurrant de reporter son projet à plus tard. Debout, il tergiverse et regarde J.-A. retourner auprès de l'animal.

– Je suppose que la perte d'un enfant si jeune, si désiré, est un moment douloureux.

Le curé choisit ses mots méticuleusement.

– Le recours à la prière peut s'avérer fort utile pour trouver une réponse à ce grand mystère qu'est la vie...

J.-A. jette un regard méchant sur Damase.

– ...la mort. Tout cela peut vous paraître bien injuste, je vous l'accorde. Ni vous ni moi ne savons ce qui nous attend, il n'y a que Lui qui connaisse la suite du chemin.

– Si votre Dieu existait vraiment, jamais il n'aurait permis qu'une telle horreur se produise. Expliquez-moi en quoi un enfant de huit ans a tant péché pour mériter un châtiment aussi impitoyable.

– Je ne... Je...

– L'avez-vous vu ? continue J.-A. sans attendre de réponse. Avez-vous vu le corps éventré de mon Georges-Étienne ? Avez-vous vu ses intestins sortis de son petit ventre ?

– Non. Je suis venu vous voir directement.

– Vous n'avez pas vu ma Freda non plus, si joyeuse d'ordinaire, terrassée par la peine, détruite comme de la porcelaine qu'on aurait échappée sur un plancher dur et qui se serait cassée en mille morceaux. Et je ne vous parle pas de ma plus grande, qui m'a été enlevée en même temps. Même si je peux encore la prendre dans mes bras, elle n'est plus que l'ombre d'elle-même. Figurez-vous qu'elle a eu la malchance de retrouver son petit frère. Juste à repenser au cri qu'elle a poussé en le découvrant dans l'herbe, alors que j'étais passé là sans le voir, j'en ai le poil qui se dresse. En entendant la plainte d'Adéla, j'ai su qu'on venait de me prendre deux enfants. Alors, en ce qui me concerne, vous repasserez avec votre Bon Dieu!

— Je comprends que vous soyez secoué, lui dit Damase. Votre colère est justifiée, mais ne détournez pas votre cœur du Seigneur, il saura vous aider à retrouver la paix de votre âme.

— Votre Seigneur, gronde J.-A., gardez-le pour votre église et pour vos sermons. Utilisez son nom pour convaincre de son existence ceux qui n'ont jamais vécu rien de semblable, mais ne le mentionnez plus devant moi. Mathias, veux-tu s'il te plaît aller reconduire monsieur le curé à l'extérieur?

— Oui, papa.

— Bon, je ne vous dérangerai pas plus longtemps, s'excuse Damase en se retirant. Sachez que ma porte vous est toujours ouverte. Si vous avez besoin de quoi que ce soit, n'hésitez pas à me le faire savoir.

— Merci. Bonne nuit, conclut J.-A.

Le jeune homme raccompagne le curé jusqu'à la porte de la grange.

— Ton père a été fortement ébranlé, dit Damase à Mathias.

— Il aimait beaucoup Georges-Étienne.

— Je comprends. J'espère qu'il saura retrouver la paix de Dieu.

— Sans vouloir vous manquer de respect, dit Mathias d'une petite voix, ça m'étonnerait.

— Et pourquoi?

Gêné, Mathias jette un coup d'œil derrière son épaule pour s'assurer que son père ne puisse entendre ses propos.

– Vous savez, explique Mathias, si mon père a une idée en tête, il en démord pas. Quand il a vu mon petit frère, il a dit des choses... Je peux pas les répéter.

– L'émotion, dit Damase, lui a fait perdre son bon jugement. Donnons-lui du temps.

– Espérez pas trop, monsieur le curé.

Damase scrute attentivement le jeune homme devant lui. Il perçoit de la peine, mais également une énergie émanant de ce corps jeune et vigoureux.

– Prions pour le repos de l'âme de ton petit frère et pour le retour à la paix de celle de ton père, suggère Damase.

– Oui.

Épaule à épaule, le jeune et le vieux, dans un commun recueillement, récitent à voix basse le Notre Père.

– Amen. Ton cœur est bon, mon enfant. Retourne voir ton père maintenant et, pour son salut, prie pour lui de toutes tes forces.

– Oui, monsieur le curé.

Mathias tourne les talons, laissant Damase seul avec un doute. Il refuse de se laisser affaiblir.

– Ce cimetière se fera, se répète le curé.

Damase s'approche de la maison. Sur la galerie, des ombres dansent. Lorenzo est debout, soutenant une Rose-Délima aux traits tirés par la fatigue. Juste derrière viennent Berthe et Aurel.

– T'en fais pas, Berthe, dit Rose-Délima, j'ai simplement subi un coup de chaleur, pas besoin d'en faire une montagne. Le bébé remue, je le sens bien en vie.

– J'aurais pas dû t'écouter, se choque Berthe contre elle-même. Ton entêtement était insensé. Je le savais que c'était pas raisonnable. Je suis désolée, Lorenzo, mais elle a tenu son bout avec tant d'assurance.

— Vous en faites pas, dit Lorenzo, je connais ma femme. Je parie qu'elle vous a pas laissé le choix.

— On reviendra pas sur le sujet encore et encore, s'énerve Rose-Délima. Je vais bien. J'ai simplement besoin de sommeil. Lorenzo, reconduis-moi à la maison, veux-tu?

En disant ces mots, Rose-Délima est prise d'une nouvelle faiblesse. Son mari l'attrape juste à temps.

— Il faut la coucher et l'empêcher de bouger, ordonne Berthe. Aurel, va chercher une tasse de thé dans la cuisine et ajoutes-y beaucoup de sucre.

Rose-Délima se relève, fière.

— Ça va, ça va.

— Je t'ai écoutée une fois, Rose-Délima Tanguay, et je le regrette, lui dit Berthe en la regardant dans les yeux. Maintenant, c'est toi qui vas m'écouter.

La sage-femme se tourne vers le mari de Rose-Délima.

— Lorenzo, allez l'asseoir sur le siège arrière de la voiture de mon fils. Ce sera plus confortable. Elle est pas en état de se faire secouer jusqu'à chez vous.

Aurel revient avec la boisson demandée.

— Le thé est froid, annonce Aurel en tendant la tasse devant lui.

— C'est bon, donne, lui dit sa mère.

Berthe goûte au breuvage.

— Oui, il est assez sucré. Tiens, bois, ordonne-t-elle en donnant le thé à Rose-Délima.

— Je n'ai pas soif, merci.

La main tendue, la sage-femme ne réagit pas à la protestation.

— Ma noire, ne sois pas têtue, murmure Lorenzo à sa femme, bois le thé. Pense à toi et au bébé, ça va vous faire du bien à tous les deux.

Acquiesçant à la demande de son mari, Rose-Délima avale le liquide sans rechigner.

— Aurel, on va aller reconduire Rose-Délima, annonce Berthe. Lorenzo, vous venez avec nous ?

— Non, j'ai ma voiture.

— Bon, dit Berthe, j'attendrai votre arrivée pour rentrer chez moi.

Aurel et sa mère grimpent dans l'automobile et démarrent sous le regard inquiet du mari. Lorenzo se dirige vers sa voiture avec le sentiment d'oublier quelque chose.

— Lorenzo ?

Le curé ! La petite voix sortie de la nuit lui rappelle le vieil homme à la mémoire. Damasse regarde la scène qui se déroule, debout dans l'ombre, sans oser bouger. Lorenzo revient sur ses pas, attrape le bras du curé et le conduit jusqu'à son attelage.

— Pardonnez-moi, monsieur le curé.

— Penses-tu que ça va aller ? Je peux demander à...

— Vous en faites pas, Rose-Délima a une bonne constitution. Elle va s'en sortir.

— Si tu veux, demain, reste chez toi pour t'occuper d'elle.

— Vous la connaissez pas, elle me laissera jamais faire. Je viendrai demain, vous aurez certainement besoin de moi.

— Fais comme bon te semble.

Le trajet du retour est tout aussi silencieux, mais plus lourd d'inquiétude que celui de l'aller. Malgré ses paroles rassurantes, Lorenzo craint pour la santé de sa femme. Il sait combien mouvementées sont ses nuits. Il sait également que Blanche la tourmente par son attitude et que Rose-Délima aimerait la voir mariée – ou fiancée – avant l'hiver. Voilà au moins deux semaines qu'elle le presse de parler aux Audet, leurs voisins, qui ont un fils en âge de se marier. Lorenzo doute, pour sa part, que ce soit une bonne idée.

Il fouette sa monture pour lui faire presser le pas. À ses côtés, le curé est secoué par les inégalités de la route qui font brasser l'attelage. Les pensées de Damase se promènent sur le chemin sinueux de ses angoisses. Il voit bien la résistance que lui opposent les villageois, mais il soupçonne que cela n'émane pas réellement d'eux. Le comportement d'Aurel Labonté le dérange. Quelque chose en cet homme lui déplaît violemment. Il ne saurait dire quoi. Son instinct l'incite à la prudence, à la méfiance. Encore ce soir, le jeune homme lui a montré qu'il pourrait être dangereux.

Arrivés au presbytère, les deux hommes restent un instant silencieux.

— Voulez-vous que je monte avec vous jusqu'à votre chambre?

— Non, c'est bon, ta femme t'attend.

— Elle est entre les mains de Berthe, elle ne craint rien.

— Dis-moi, Lorenzo, que penses-tu d'Aurel Labonté?

— Je crois que c'est un jeune homme fougueux. Il a claire-ment de l'ambition, mais je crois pas qu'il veuille mal faire. Je pense qu'il est seulement un peu maladroit dans sa façon d'agir. Pourquoi?

— Pour rien. Allez, je te laisse. Passe une bonne nuit. Demain, sens-toi libre de rester à la maison avec ta femme.

— On verra. Bonne nuit à vous.

Le vieil homme regarde la voiture s'éloigner. Il se tourne vers les escaliers. Il appréhende déjà l'effort qu'il devra four-nir pour arriver jusqu'à son lit. Il respire aussi profondément que ses poumons malades lui permettent et accroche sa main sur la rampe.

— Pour arriver au sommet, il suffit de gravir une marche à la fois.

Il respire une autre fois. Son dos se voûte. Il est las.

— Tout cela n'est que la pointe de l'iceberg. Si nous n'agis-sons pas rapidement, nous courons droit à la catastrophe. Seigneur, donnez-moi la force de passer à travers cette épreuve pour mener à bien ce cimetière en votre gloire.

CHAPITRE VIII

Lorenzo sonne les cloches avec vigueur. Bien que l'on soit en milieu de semaine, le curé a cru bon de célébrer un office particulier, conviant ses paroissiens à venir discuter des drames qui secouent leur village. Si, comme la rumeur le laisse supposer, les morts sont attribuables à une bête sauvage, il faut prévenir les villageois et les inviter à la prudence. Dans le cœur de Damase, l'incertitude subsiste. Pour lui, la bête meurtrière ne se cache peut-être pas dans les bois. Elle pourrait bien prendre place sur l'un des bancs de son église.

Lorenzo tire sur la corde, faisant résonner le tocsin, tandis que la foule se presse lentement sur le parvis de l'édifice, ralentie par les assauts de la chaleur. On se salue, on bavarde de la température et de la culture de la terre. À l'écart et à voix basse, les hommes échangent sur la mort du petit Francœur et sur la colère qu'elle provoque, tout en évitant de laisser paraître la crainte qui germe dans leurs âmes: et si leurs enfants étaient les prochaines victimes?

La nef se remplit, chacun rejoint son siège. Pour un mardi matin, l'église se trouve étrangement pleine, plus encore que pour la messe du dimanche. Les derniers coups résonnent toujours alors que le silence s'installe dans le lieu. Le curé apparaît, le dos courbé, le pas hésitant. En voyant son ami, Lorenzo ne peut que constater que devant eux s'élève un homme usé par la vie. À quel moment est-il devenu aussi vieux ? Le bedeau ne sait pas. Damase, malgré son âge, a toujours une attitude guillerette, ce qui le rend attachant sous son air empesé. Aujourd'hui, cette légèreté n'est pas. Lorenzo voit le travail du temps, mais ne voit pas sous la peau du curé le burinage de la maladie.

Damase commence par célébrer son office religieux comme ses vœux l'y obligent. Après avoir récité prières et évangiles, il s'installe dans la chaire pour s'adresser aux fidèles rassemblés.

— Ce matin, le glas a sonné. De nouveaux malheurs sont tombés sur le village. Plusieurs d'entre vous savent déjà qu'hier soir, le petit Georges-Étienne Francœur a été retrouvé sans vie aux abords de la rivière, à quelque distance du domicile familial. C'est avec l'accord de la famille que je m'adresse à vous afin d'éviter qu'un pareil drame ne se produise à nouveau.

Damase regarde l'assemblée réunie à ses pieds. Il déglutit avec peine, autant à cause de la boule qui enserre son œsophage que par la tristesse des propos qu'il tient.

— Hier, donc, le plus jeune né de J.-A. et de Freda Francœur a été victime d'une agression sauvage.

L'homme laisse les mots parcourir l'assistance.

— Georges-Étienne Francœur nous a quittés pour un meilleur monde. Cette deuxième mort violente m'afflige et me conduit à vous inciter à la prudence.

Une voix inquiète retentit du centre de l'église.

— Qui a fait ça ?

Le curé se racle la gorge, regarde autour de lui à la recherche d'un soutien, d'une réponse en laquelle il croirait. Ses yeux croisent ceux de Lorenzo. Ils se sourient faiblement.

— Je ne peux répondre à cette question. Il est certain que la température que nous subissons cet été peut y être pour quelque chose. Si nous souffrons de la canicule, les animaux sauvages la ressentent également. La hauteur de la rivière me fait dire que les cours d'eau secondaires doivent être taris, aussi les bêtes se rapprochent-elles du village afin de trouver des points où s'abreuver.

– Comment devons-nous agir ?

Damase reconnaît la voix de la Willie Dorval, la commère du village. Il se tourne vers elle.

– Je vous prierais de garder vos enfants à vue. Ne les laissez pas s'éloigner seuls. Veillez à ce qu'ils soient toujours accompagnés par leurs aînés. Demain soir, les notables du village se réuniront afin de trouver une solution pour mettre un terme à cette vague de malheurs.

Un murmure de panique prend forme, s'amplifie, jusqu'à frapper les murs, puis rebondir sur le plafond élevé de la pièce.

– Mes amis, un dernier mot. Dieu nous traite ainsi, car il est fâché de nous. Si son courroux ne s'apaise, peut-être est-ce parce que nous persistons à contrecarrer ses plans. Je suis convaincu, au tréfonds de mon cœur, que le nouveau cimetière érigé en son honneur pourrait atténuer sa colère et apporter sur nous la paix et la pluie tant désirées.

Damase regarde les villageois une dernière fois, puis leur tourne le dos et redescend de son perchoir. Il faut un petit moment aux gens avant de réaliser que la messe est terminée. Les familles se lèvent, quittent les lieux et se dispersent rapidement. L'église redevient presque vide quand le curé remarque un jeune homme, debout dans l'ombre d'une colonne. Il semble attendre qu'on le découvre.

– Est-ce que je peux t'aider, mon fils ?

L'adolescent s'avance, Damase reconnaît alors Mathias Francœur. L'espoir renaît en lui ; peut-être que son père est revenu sur sa décision, peut-être qu'il laissera son fils reposer dans le nouveau cimetière. Peut-être.

— Mathias, comment vas-tu ? demande Damase avec empressement. Comment se portent tes parents ?

— Ça va, monsieur le curé, enfin du mieux possible avec ce qu'on vit.

Mathias regarde ses pieds, gêné.

— Que puis-je pour toi ?

— Papa m'envoie à vous, lui répond Mathias.

— Oui.

— Il veut que vous sachiez que Georges-Étienne ne sera pas enterré dans votre nouveau cimetière. Demain, il ira le reconduire à son repos final, mais ce ne sera pas à l'endroit que vous espérez.

— T'a-t-il dit pourquoi ? cherche à savoir Damase.

— Il a dit...

Les mouches ne volent plus.

— Ne t'inquiète pas mon enfant, l'encourage le vieil homme, je sais que ce ne sont pas tes paroles et que celles de ton père dépassent sa pensée. Je comprends qu'il soit encore sous le choc.

— Il dit que son fils n'a pas besoin d'une terre consacrée, répond Mathias d'une voix faible et chevrotante. Il dit que si Dieu existait, il serait intervenu pour que tout ça n'arrive pas. Que puisqu'il n'a plus la foi, il ne voit pas de raison de mettre son enfant dans un lieu de croyants.

— Est-ce tout ? insiste Damase.

— Il pense aussi que vous avez choisi le pire endroit possible. Il ne veut pas voir la tombe de Georges-Étienne se couvrir d'eau tous les printemps.

— Et ta mère, qu'en pense-t-elle ?

— Maman, dit Mathias, est ben chagrine de la situation. Elle a peur pour l'âme de mon petit frère. Quand elle en parle au père, il se met dans une colère noire qui le fait sacrer, vous savez. Pour lui, Dieu est mort avec Georges-Étienne.

Damase est songeur. Il ne sait comment réagir devant tant de peine et de colère. Bien qu'il ne l'admette pas, la mort lui ôte ses moyens, le tétanise.

— Monsieur le curé ? demande Mathias.

— Oui, mon enfant ?

— J'aimerais... J'aimerais me confesser.

Le visage de Mathias s'empourpre. Il n'ose lever le regard.

— Je t'écoute, lui dit Damase.

— Je sais qu'il faut obéir à père et mère, mais je ne peux pas m'y résoudre. J'ai assisté à la messe, même si papa me l'a interdit. Il ne veut plus que je m'approche de l'église ni de vous. Il dit que la religion est une manigance, une hommerie pour soutirer l'argent et l'obéissance des pauvres gens comme nous.

— Qu'en penses-tu ?

— Moi ?

— Oui, toi, répète Damase.

— Moi, dit Mathias, j'aurais aimé rejoindre la congrégation des Oblats. Maintenant, ce ne sera plus possible.

— Quel âge as-tu ?

— J'ai dix-sept ans. J'en aurai dix-huit en septembre.

— Dix-huit ans ? Tu es si jeune et pourtant tu n'es plus un enfant. Le Bon Dieu t'envoie une épreuve pour tester ta foi. Tu sais, on ne choisit pas les ordres à la légère. Il veut être certain que tu agisses non par devoir, mais mu par un désir profond, inébranlable.

— C'est ce que je désire par-dessus tout.

— Alors, si ton cœur est pur, Dieu saura te guider et t'amener à concrétiser ton rêve. Laisse à ton père le temps de vivre son deuil. Si tu veux, j'irai le voir pour ton anniversaire et je lui en glisserai un mot, suggère Damase.

— Vous feriez ça pour moi ?

— Avec grand plaisir.

— Pis pour les messes ? demande Mathias inquiet.

— Cette question est délicate. Je pense que le Seigneur saura comprendre ton absence si dans ton cœur tu conserves ta foi fervente et si tu lui dédies quelques heures de prière chaque jour.

— Ce ne sera pas un problème. Merci, monsieur le curé, je vais vous laisser à vos obligations.

— Viens, je t'accompagne jusqu'au parvis.

Ils marchent ensemble dans le calme de l'église. Au-dehors, une chaleur incroyable les attend. Mathias quitte le curé Couture avec le pas léger du devoir accompli. En le regardant s'éloigner, Damase remarque l'automobile d'Aurel stationnée à distance. Il scrute le paysage, espérant découvrir le conducteur. Il se trouve auprès d'une poignée d'hommes en train de discuter.

Malgré la chaleur, la fatigue et la faiblesse qui monopolisent son énergie, le vieil homme décide d'affronter son adversaire à terrain découvert. Il s'avance vers le petit groupe.

— Bonjour, messieurs ! Tout va comme vous voulez ?

Les hommes se taisent, mal à l'aise. On dirait des enfants surpris en train de chiper des billes.

— Ne vous interrompez pas pour moi. De quoi discutiez-vous ?

La gêne grandit. Damase n'a pas posé cette question innocemment. Il soupçonne Aurel et ces hommes de casser du sucre sur son dos. Il les connaît, ces villageois : Adéodat Vachon, Maurice Garant et Narcisse Moore. Toujours prêts à critiquer un cheveu de travers – la plus petite pacotille du voisin –, sans même regarder dans leur cour. Ils se montrent braves avec leurs paroles, mais ils bougent à peine le petit doigt pour faire changer les choses. Leur opinion n'a que peu de poids à ses yeux.

— On parlait de votre projet de cimetière.

La franchise d'Aurel désarçonne, personne ne s'attendait – pas même le curé – a ce qu'il avoue d'emblée le propos de leur discussion. Confus, Maurice Garant prend la parole.

– On jasait, comme ça. Pas de trouble.

Mal à l'aise, Narcisse Moore décide qu'il est temps de rentrer chez lui.

– Je veux pas vous fausser compagnie, dit ce dernier, mais il est déjà tard. Ma femme m'attend. Monsieur le curé, Aurel, à la revoyure.

– Monsieur Moore, répond Damase.

Adéodat, qui préfère ne pas assister à une bataille entre les deux hommes, imite son acolyte.

– Il faut y aller... Maurice, tu remontes avec moi ?

– Oui, je te suis. Quand le devoir vous appelle... Messieurs, je vous souhaite la bonne journée.

Le trio disparaît, sans plus.

– Les rats quittent le navire, dit Damase.

– Certaines manières n'invitent tout simplement pas à la conversation, souligne Aurel.

– Peut-être, monsieur Labonté, pensez-vous détenir les clés de la diplomatie. Laissez-moi vous détromper.

– Au moins, je m'entête pas à poursuivre des projets saugrenus.

– Vous croyez ? Je viens d'apprendre que vous avez convaincu les Francœur d'enterrer leur enfant sur votre concession. Jugez-vous vraiment votre attitude plus raisonnable que la mienne ?

– J'oblige personne, répond Aurel.

– Mais vous bourrez le crâne des pauvres gens avec vos idées d'inondation et de tombes qui se remplissent. Vous privez ces enfants d'un repos éternel au paradis, eux qui sont morts dans d'affreuses douleurs. Vous croyez-vous réellement charitable ?

— J'offre une sépulture salubre aux familles qui ont pas choisi de servir les ambitions irréalistes de leur curé.

— Vous les manipulez, dit Damase, pour servir les vôtres. Vous n'accéderez pas au poste de maire en divisant les villageois comme vous le faites, croyez-moi.

— Qui dit que je les divise ? Si vous vous obstiniez pas avec votre lot, si vous écoutiez un peu plus la voix de la raison et un peu moins vos élucubrations, tout ceci n'aurait pas lieu.

— Quelle prétention ! s'exclame Damase. Un jeune blanc-bec qui se croit doué d'une raison plus grande que la mienne, on aura tout entendu !

— Parlez à vos concitoyens, suggère Aurel, écoutez leurs commentaires, leurs craintes et vous admettrez que je suis simplement le porte-parole de leur malaise. Si vous étiez plus présent pour eux, peut-être que vous comprendriez mieux ce que je dis.

— Je saisis très bien votre empressement à vous placer les pieds en semant la zizanie, réplique Damase. Je ne vous laisserai pas faire. Ne croyez pas que je ne comprends pas votre petit jeu : diviser pour mieux régner. Pour ça, encore faut-il avoir l'intelligence de le faire proprement. Vous n'avez pas ce talent.

Aurel, piqué par la discussion, s'avance vers son interlocuteur, l'air menaçant. Il essuie la sueur de son visage d'un geste brusque. Il a chaud ; terriblement. Et dans sa bouche, un goût de sang.

— Et que peut faire un petit homme malingre et faible comme vous pour arrêter un homme comme moi ? insinue Aurel.

— Ne croyez pas, monsieur Labonté, que vous me faites peur, maintient Damase. Il faudra plus que vos menaces sous-entendues pour m'empêcher d'agir. Comptez sur moi, votre place de maire n'est pas assurée. Les villageois ne sont pas aveugles, ils finiront par voir ce que je vois.

– Que voyez-vous, vous qui vous croyez si lucide?

– Je vois un homme avide de richesse et de pouvoir. Un homme prêt à tout pour réussir. Il y a chez vous, dans vos yeux, une flamme qui brûle et qui ne me dit rien de bon. Ces morts semblent vous être trop utiles pour qu'ils soient l'œuvre d'un loup.

Aurel sent un frisson gravir sa colonne vertébrale. Sa bouche libère un son rauque, un tremblement qui s'amplifie, s'intensifie. De murmure, le bruit se transforme en rire puissant, irrévérencieux. Son corps est secoué de spasmes. Il est hors de contrôle. Damase recule, surpris par cette réaction qui lui fait craindre la démence.

– Vous, les curés, vous voyez le diable partout. Merci pour ce divertissement, mais j'ai pas que ça à faire, je dois partir. Malheureusement, nos routes devront se croiser encore puisque nous nous verrons demain soir lors de cette assemblée.

– Vous n'avez rien à faire là, s'insurge Damase.

– On m'a invité pourtant.

– Qui avez-vous mystifié encore?

– Vous qui êtes si intelligent, dit Aurel narquois, devinez! Sur ce, je dois vous quitter.

Sans attendre davantage, Aurel Labonté tourne les talons et se dirige vers son véhicule, laissant le curé les bras ballants, usé par l'énergie dépensée à contenir sa colère et sa peur. Bien que Damase refuse de se l'avouer, Aurel l'effraie.

TROISIÈME PARTIE
LA POUPÉE DE CHIFFON

Tous ces cris, toutes ces larmes ne sont que des gémissements inutiles. On vit, on meurt ; à quoi bon en faire un drame ? Des enfants se font tuer, et puis après ?

J'aime tuer. Je veux tuer.

Je vais tuer.

Mais cette fois, je dois frapper plus fort. Un grand coup. Il faut qu'ils comprennent à qui ils ont affaire. Il faut qu'ils sachent que je n'ai pas peur, ni d'eux ni de personne. Au-dessus de moi, il n'y a rien. Surtout pas Dieu.

CHAPITRE IX

Pour la première fois depuis le début de l'été, le vent souffle à la tombée du jour. Il ne fait pas frais, mais l'air est presque supportable. Si le ciel se couvrait, on pourrait espérer de la pluie. Malheureusement, le bleu de l'horizon qui s'étire à perte de vue enlève tout espoir d'une ondée salvatrice.

Les notables arrivent au presbytère. Outre le curé et Lorenzo, on retrouve Pierre-Eusèbe Roy, le maire du village, Ernest Audet, le notaire, Ambroise Chabot et Rosaire Marquis, deux cultivateurs prospères. Il manque Aurel Labonté, mais Damase préférerait commencer immédiatement.

— Messieurs, lance Damase aux hommes assemblés, je vous invite à prendre place. Voudriez-vous quelque chose à boire avant de débuter ?

Sans attendre de réponse, le curé se dirige vers le couloir.

— Blanche !

La jeune femme apparaît aussitôt, comme si elle était demeurée à l'affût derrière la porte.

— Oui, monsieur le curé.

— Apporte-nous à boire et à manger s'il te plaît.

Blanche quitte la pièce en silence. Les hommes s'assoient autour de la table.

— Si vous le permettez, je propose de commencer la réunion sur-le-champ.

— Il manque Aurel Labonté, mentionne Pierre-Eusèbe.

— Je sais, monsieur le maire, dit Damase, mais comme il est déjà en retard de trois quarts d'heure, peut-être pourrions-nous débuter et lui faire un récapitulatif de la rencontre à son arrivée.

— Je pense, dit Rosaire, que c'est une bonne idée. Je veux ben participer à cette réunion et j'en comprends l'importance, mais je préférerais ne pas y passer la nuit.

Cette remarque, sortie de la bouche de Rosaire Marquis, homme peu bavard, annihile les hésitations de ceux qui auraient préféré attendre le jeune homme. Le curé reprend.

— Monsieur le maire, si vous voulez nous faire l'honneur de commencer.

— Merci, monsieur le curé, dit Pierre-Eusèbe. Nous sommes ici ce soir pour parler de la mort affreuse de deux enfants du village. Si la première nous a ébranlés par sa sauvagerie, la seconde nous laisse supposer le pire pour la suite des choses. Il importe de savoir quelle est la cause de ces décès et de trouver un moyen d'y remédier. Lorenzo, toi qui as vu l'état de la cabane à sucre où la petite Léa a été découverte, peux-tu nous donner ton avis?

Troublé par l'attention tournée tout à coup vers lui, le bedeau croise et décroise ses longs doigts boudinés par l'effort.

— Quoi dire? Quand je suis arrivé à la cabane, la porte était grande ouverte. À l'intérieur, le petit corps de Léa gisait, béant. Il y avait du sang sur tous les murs, on aurait dit une boucherie. Jamais de ma vie j'ai vu une scène d'une telle violence. Monsieur le curé peut en témoigner, il y était aussi.

— Lorenzo a bien parlé. L'endroit était dans un état épouvantable et reflétait une sauvagerie à l'état pur.

— Qui a trouvé le corps? demande Ambroise.

Le ton d'Ambroise Chabot laisse sous-entendre qu'il ne croit qu'à moitié l'hypothèse de la bête sauvage.

– C'est moi.

Blanche, les mains chargées d'un plateau de victuailles, entre dans la pièce à pas de loup. Ambroise sursaute à cette réponse prononcée derrière lui avec arrogance.

– Que faisais-tu là ?

Blanche regarde l'homme avec défi.

– J'apporte à manger comme on me l'a demandé.

– Je parle pas de maintenant, dit Ambroise, mais de l'autre jour. Tu faisais quoi dans la cabane à sucre des Tanguay ?

– Vous pensez tout de même pas que ma fille aurait pu commettre cette barbarie ? s'emporte Lorenzo énervé.

– Calme-toi Lorenzo, lui répond Damase, nous ne supposons rien. Nous étudions simplement toutes les avenues qui s'offrent à nous.

La main du curé sur son bras apaise un peu le bedeau. Il était prêt à se lever pour défendre sa fille. Blanche regarde son père, revient sur Ambroise, qui continue son interrogatoire.

– Alors ?

– J'allais cueillir des fraises.

– Pourquoi t'es-tu arrêtée à la cabane à sucre ?

– Je passais par le clos à Bilodeau pour couper court. J'ai vu la porte ouverte. Je me suis approchée pour regarder et c'est là que j'ai aperçu la petite.

– Un peu mince comme explication.

– Monsieur Chabot, prévient Lorenzo, je vous laisserai pas insinuer que ma fille puisse être coupable de quoi que ce soit.

Ambroise Chabot, décidé à tirer les choses au clair, ne se laisse pas démonter par l'émotivité de Lorenzo.

– Pourquoi es-tu entrée dans la cabane ? continue-t-il.

– Allez-vous laisser ma fille tranquille ?

– Vous en faites pas, papa, dit Blanche, je peux répondre. Je me suis approchée de la cabane, car j'ai cru entendre des voix.

Ambroise reste surpris.

— Des voix ? Quelles voix ?

— En fait, une petite voix.

— Et que disait-elle, mon enfant ? demande Damase, curieux.

Le curé se remémore l'expression de sa bonne quand elle lui a annoncé la mort de la petite Fournier. Le souvenir le fait frissonner. Il ressent à nouveau le malaise qu'il a éprouvé en voyant la jeune femme dans son bureau, les cheveux ébouriffés. Et maintenant, elle se tient droite et fière. Elle ne fait rien d'incorrect, mais tout dans son allure démontre qu'elle ne se soumettra pas au jugement des hommes qui président à la table. Elle paraît intouchable. Blanche dérange. Tous sont également incommodés par son attitude.

— Elle priait. C'est ce que je crois.

Cette réponse ne suffit toujours pas à Ambroise.

— Tu as rien vu d'autre ? questionne-t-il à nouveau. Aucune personne ? Ou alors, un animal ?

— Oui, Blanche, dis-nous si tu as vu quelqu'un ou quelque chose sortir de la cabane à sucre.

La jeune servante, imitée par tous les hommes, se tourne vers la voix. Dans l'embrasure de la porte, Aurel se tient debout, l'air amusé par l'arrogance de Blanche.

— J'ai rien vu, ni personne, répète Blanche.

— En es-tu certaine ? insiste Aurel.

— Absolument.

— Bon, ben si Blanche est certaine de ce qu'elle avance, on peut passer à un autre suspect, dit Aurel en s'avançant dans la pièce.

Aurel ne lâche pas des yeux Blanche qui reste immobile, debout près de la table. Entre les deux, une tension se fait sentir, comme un mélange d'attirance et de répulsion. Ils se regardent en silence, puis la jeune femme détourne les yeux pour s'adresser au curé.

— Avez-vous encore besoin de moi ?

— Si personne n'a d'autres questions, dit Damase, tu peux te retirer.

Comme tout le monde se tait, elle quitte la pièce tandis qu'Aurel prend place à table.

— Excusez mon retard, mais un imprévu m'a empêché d'arriver à l'heure.

— Nous venions tout juste de commencer, explique Pierre-Eusèbe. Lorenzo et monsieur le curé nous racontaient dans quel état était la cabane à sucre où la petite Fournier a été retrouvée. Comme la fille de Lorenzo a fait la découverte du corps, nous voulions savoir si elle avait vu quelque chose.

— Il semblerait que non, dit Aurel. Quel dommage !

— N'êtes-vous pas, au contraire, soulagé ? sous-entend Damase.

Damase a du mal à contenir l'agressivité qu'il ressent envers Aurel. Dans son for intérieur, il se répète de garder son calme, de contenir sa rage ; il sait que laisser paraître son ressentiment lui enlèverait de la crédibilité. Pourtant, la seule présence du jeune homme suffit à lui donner la chair de poule. Aurel le sait et s'en amuse. Il veut voir le curé craquer, aussi le provoque-t-il de ses questions.

— Que voulez-vous dire ? demande Aurel.

— Vous connaissez ma pensée, lui répond Damase.

— Faites-en part à tous les autres, lui propose Aurel. Ne sommes-nous pas réunis ici pour envisager toutes les possibilités ?

Ce bras de fer soulève un malaise. Tous comprennent l'insinuation de Damase. Entendre Damase accuser l'un des plus importants membres de leur communauté, c'en est trop. Rosaire Marquis croit bon cesser cette discussion.

— Vous avez parfaitement raison, monsieur Labonté, lui dit Rosaire. Ceci dit, nous ne sommes pas là pour régler des querelles personnelles, mais bien pour trouver la cause de ces morts.

— Monsieur Marquis, dit Damase, j'abonde dans votre sens. Pourtant, je ne peux taire l'hypothèse qui revient sans cesse à mon esprit. Et si nous n'étions pas en présence d'une bête sauvage. Et si le coupable était l'un d'entre nous.

Les paroles du curé pèsent lourd. Les hommes n'osent pas se regarder, mais chacun jongle avec cette idée depuis le début de la réunion sans oser la verbaliser. Frondeur, Aurel reprend la parole.

— Si je saisis votre raisonnement correctement, vous êtes en train de dire que je pourrais être responsable de ces crimes.

— Ce n'est pas ce que j'ai dit, se défend Damase. Je suis simplement curieux. Vous avez toujours été parmi les premiers villageois à savoir ce qui venait d'arriver aux enfants, comme si vous l'aviez su par avance. Comment pouvez-vous l'expliquer ?

— Ce sont de malheureuses coïncidences. Tout le monde sait que j'ai fait couper du bois au moulin. Demandez aux Francœur, j'allais chercher ma commande.

— Soit, mais qu'est-ce qui vous a conduit au presbytère quand la petite Fournier est morte ? Ne me dites pas que vous avez eu une envie soudaine de me faire un brin de jasette, j'aurais peine à le croire.

— Pour quelle raison aurais-je tué ces enfants ? demande Aurel. Si vous répétez que c'est pour accéder à la place de maire, vous trouvez pas que c'est exagéré ? Je cache pas mon ambition de briguer un jour ce poste. Sauf votre respect, monsieur Roy, je crois que je saurais aider le village à se développer et à s'enrichir, mais je compte mener une campagne électorale, ce qui me semble plus efficace et plus sain que d'assassiner de pauvres innocents qui ont pas l'âge de voter.

– La folie s'empare des hommes parfois, répond Damase. Tout le monde vous a déjà vu vous fâcher au point d'en perdre le contrôle. Il n'y a pas si longtemps, vous en êtes venu aux poings avec monsieur Alphonse Audet.

– C'est arrivé l'hiver dernier, se justifie Aurel. Alphonse Audet ferait sortir un ange de ses gonds. Je suis sanguin, je le cache pas, ça non plus. Mais la folie attrape pas dans ses filets que les hommes aux comportements fougueux. La folie peut toucher n'importe qui, surtout les gens dont les désirs dépassent le gros bon sens.

– Que cherchez-vous à insinuer ? demande Damase.

– Pour votre projet de cimetière, ces morts tombent à point, si vous me permettez l'expression. De petits êtres purs pour honorer votre Seigneur, n'est-ce pas exactement ce que vous souhaitez, monsieur le curé ?

– Monsieur Labonté, ne poussez pas l'effronterie trop loin, l'avertit Damase. Vos propos et votre attitude pourraient vous faire excommunier. Vous parlez ici du Seigneur qui, je vous ferai remarquer, n'est pas que le mien. Jamais Dieu n'accepterait un tel sacrifice pour son honneur.

– Lui, non. Vous, si.

– Vous êtes un monstre. Un impie. Vous brûlerez en enfer !

– Vos menaces camoufleraient-elles la crainte d'être démasqué ? insinue Aurel. Votre stature vous empêche de vous en prendre à quelqu'un de votre taille, mais un enfant, ça ne doit pas vous poser problème. Avant de me traiter de monstre, prenez donc soin de regarder ce qui se cache dans votre âme.

Les hommes retiennent leur respiration. Ils ne savent plus quoi penser. Tous comprennent à quel point leur curé tient à son projet insensé. Aucun villageois n'a réussi à le faire changer d'avis. Les notables se regardent, regardent Lorenzo. Ils évitent Aurel et Damase, ne voulant pas être pris à partie.

Emporté par la colère, impuissant à se défendre, à trouver les mots pour protéger son intégrité, Damase cherche sa réplique. Une quinte de toux entrave sa parole et paralyse son souffle. Inquiet par la force de cet accès, Lorenzo tend un verre d'eau au vieil homme pour qu'il en prenne une gorgée. Au bout de plusieurs minutes, sa toux diminue, laissant planer une lourdeur dans l'air.

Dans le for intérieur de chacun, la question demeure en suspens : quoi, sinon qui, est responsable de ces morts ? Penser que l'un d'entre eux pourrait être responsable de tant de souffrance redouble leur malaise. Ernest Audet, muet depuis le début de la réunion, s'adresse au groupe. Son calme et son habitude à mener des discussions dans la diplomatie ramènent les esprits vers un comportement moins agressif.

— Messieurs, dit Ernest, tout ceci est malheureux. Je crois que les paroles prononcées ce soir dépassent votre pensée. Jusqu'à preuve du contraire, rien ne contredit l'hypothèse de la bête sauvage. Pourrions-nous avoir affaire à un loup enragé ?

Profitant de cette diversion, Ambroise Chabot reprend la parole.

— Mon fils en aurait vu un rôder l'autre jour, dit ce dernier. J'ai ben tenté de l'abattre, mais il a filé trop rapidement pour que je puisse le tirer.

— Pensez-vous, monsieur Chabot, demande Ernest, que l'animal pourrait attaquer un enfant ?

— C'était une très grosse bête. Y a pas de doute, elle aurait pu faire du tort à un tout-petit.

— Nous avons là une piste...

Ernest s'interrompt quand il aperçoit sa femme dans le cadre de la porte. À son expression paniquée et à sa coiffure défaite, il ne peut retenir son angoisse ; elle s'insinue dans son corps, tout à coup devenu rigide. Pour se donner une contenance, il se lève.

— Qu'y a-t-il, Bernadette ?

— Ernest, je ne trouve pas Antoinette ! Elle... elle... elle a disparu.

— Quand l'as-tu vue pour la dernière fois ?

— Au souper. Après, elle est allée jouer dehors dans la cour. Quand je suis allé la chercher, il y a une demi-heure pour la mettre au lit, elle n'y était plus.

— As-tu regardé dans sa chambre ?

— Oui, j'ai fouillé partout.

— J'y vais !

Troublé par cette nouvelle disparition, le maire se lève d'un bond.

— Je vous accompagne, dit Pierre-Eusèbe.

— Nous y allons tous, ajoute Damase.

Bien qu'épuisé par sa quinte de toux, Damase se porte volontaire à la suite du maire. Les hommes quittent la pièce pour suivre le couple Audet. Ce serait la première fois que l'animal oserait frapper dans le village, si le coupable est bel et bien un loup.

Dehors, un fond de clarté permet d'entreprendre les recherches. À mesure que la nuit noircit le paysage et rattrape les hommes, les yeux confondent les masses d'ombres qui dissimulent les arbres, arbustes et autres taillis. Tous pressent le pas, soulèvent les branchages dans la crainte de la noirceur qui s'abat sur eux. Bientôt, ils ne distinguent plus ce qu'ils font ; et toujours aucune de trace de l'enfant. Le maire s'approche du notaire.

— Ernest, dit Pierre-Eusèbe, je crois que nous n'arriverons à rien ce soir. Reprenons demain à la première heure. Nous ferons une battue. Messieurs, puis-je me fier à vous pour demander à vos familles et à vos voisins de nous aider à chercher Antoinette?

— On ne peut pas laisser ma petite fille seule dehors toute la nuit! crie Bernadette. Et si elle se faisait attaquer? Ernest, tu ne vas pas les laisser faire, les laisser te convaincre d'abandonner ton enfant aux loups!

Le silence du notaire est lourd d'indécision.

— Ernest Audet, regarde-moi! ordonne Bernadette.

L'homme lève un visage brisé par la tristesse pour affronter sa femme paniquée.

— Dis-moi que tu n'abandonneras pas ta fille, ton UNIQUE fille, à la nuit!

— Bernadette, tente de la raisonner son mari, nous ne voyons rien. On distingue à peine la main devant soi.

— Si vous permettez...

Aurel s'avance.

— Je propose d'apporter un fanal. Que ceux qui ont des enfants retournent chez eux et se tiennent prêts à reprendre les recherches demain à l'aube. Moi, je peux y passer la nuit.

— Je vais rester avec vous également, annonce Rosaire. Ma famille est élevée. Je vais même demander à un de mes gars de venir nous donner un coup de main.

Le notaire se tourne vers les deux hommes qui s'offrent spontanément.

— Aurel, Rosaire, merci. Bernadette, retourne à la maison, ton angoisse ne nous servira pas.

— Ernest...

— Bernadette, fais ce que je te dis!

Sans plus discuter, la femme se retire. Timide, Damase s'avance vers le malheureux.

– Nous ferons sonner les cloches pour rameuter les villageois. Nous la retrouverons, votre Antoinette.

– Merci, monsieur le curé.

– Ernest, ma santé ne me permet pas de vous accompagner plus loin dans les recherches. Puis-je emprunter Lorenzo pour retourner au presbytère ? J'ai les jambes un peu flageolantes. L'émotion, la fatigue, vous comprenez, j'espère.

– Tout à fait, ne vous inquiétez pas. Lorenzo, vous avez une famille, une femme enceinte. Retournez chez vous ce soir.

– Êtes-vous certain, monsieur Audet ? Vous préférez pas que je reste pour aider ?

– Si je peux compter sur votre aide demain, rentrez tranquille.

– Évidemment. En espérant qu'elle soit pas nécessaire.

Sur ce, les hommes se séparent. Les uns retournent à leur famille, les autres partent récupérer des lanternes pour éclairer leur fouille. Lorenzo, agrippant le bras du curé Couture, avance doucement au rythme de l'homme malade vers le presbytère.

– Monsieur le curé, votre état m'inquiète.

– Ce n'est qu'un coup de fatigue. Tu sais, avec cette chaleur, les journées sont plus longues.

– Je parle pas de ça. Vos quintes de toux et vos traits tirés ne me disent rien de bon. Vous semblez amaigri. La nourriture de Blanche vous fait des misères ?

– Non, non, elle cuisine très bien. Ta fille est bonne à marier.

– C'est ce que dit ma femme. Elle voudrait la voir faire noce cet hiver.

– Qu'est-ce qui vous retient ?

– L'argent se fait plutôt rare cette année.

– Le salaire que l'Église te verse n'est pas faramineux, je sais. Peut-être pourrions-nous voir à ça.

– Je vous parle pas de ma situation pour vous quémander une augmentation. Et puis, vous savez, les enterrements me rapportent un surplus qui nous permet de vivre décemment. En faisant attention, nous devrions pouvoir marier Blanche dans la prochaine année.

— Je sais, mon bon Lorenzo, que tu ne me demandes rien. Je ne suis pas aveugle. Je vois tout le travail que tu abats. Tu mérites une compensation plus raisonnable.

Une autre quinte de toux empêche Damase de poursuivre la conversation. Tandis qu'il est immobilisé en plein chemin, il lui semble que ce qui lui reste à parcourir se compare à un marathon, pourtant le presbytère se situe à deux mètres à peine. Pour une fois, le curé aurait envie de se confier, d'évoquer sa maladie, l'angoisse dans laquelle il est plongé depuis le diagnostic du médecin. Son Lorenzo qui a toujours été là saurait l'entendre.

— Lorenzo, je vais mourir.

Mourir. Lorenzo n'a jamais supporté ce mot. Il en a vu des morts, il en a creusé des trous, pourtant, il continue de frissonner quand on en parle. Certes, son ami semble moins en forme, mais pourquoi parler de la mort ?

— C'est le destin de chaque homme, mais votre tour attendra encore un peu. Vous avez attrapé une mauvaise grippe. Allez vous coucher et vous vous sentirez mieux. Une bonne nuit de sommeil est encore le meilleur des remèdes.

Avec la maladie, la sensibilité de Damase s'est accrue. Il palpe bien le malaise de son bedeau. Pourquoi le tourmenter avec ses histoires personnelles alors qu'une enfant est portée manquante ? Il renonce à partager sa peur.

— Tu crois ? demande Damase.

— J'en suis convaincu, assure Lorenzo. Ce soir, Blanche va rester avec vous au presbytère. Je ne suis pas tranquille à l'idée de vous savoir seul.

Comme si elle avait entendu qu'on parlait d'elle, la jeune femme apparaît sur la galerie.

— Blanche, viens m'aider. Monsieur le curé a une faiblesse.

— Ne la dérange pas, voyons. Je peux encore traîner ma vieille carcasse.

Malgré ses protestations, Damase apprécie le support des bras vigoureux du père et de sa fille. Sans eux, il aurait difficilement pu se rendre jusqu'à son lit. Il lui faut même l'aide de Lorenzo pour enfiler ses vêtements de nuit. Une fois la tête sur l'oreiller, il sombre rapidement dans un sommeil aux rêves tourmentés.

— Il a pas l'air bien, remarque Blanche.

— Non, effectivement.

— Sa voix est un filet à peine audible.

— Je l'avais pas remarqué, réalise Lorenzo.

— Vous passez tant de temps avec lui que vous en arrivez à ne plus éprouver le changement.

— J'aimerais que tu passes la nuit ici, demande Lorenzo à sa fille.

— Oui, papa.

Lorenzo se tourne pour partir.

— Papa?

— Oui, Blanche.

— Que s'est-il passé tout à l'heure? D'où revenez-vous?

— Puisque tu vas l'apprendre de toute façon... Antoinette Audet a disparu.

— Vous savez que j'y suis pour rien, demande Blanche à son père.

— Je le sais, ma grande. Je le sais.

— Merci, papa.

— Prends bien soin du curé Couture, lui dit Lorenzo.

— Comptez sur moi.

Le père regarde sa fille. Il entrevoit pour la première fois la femme à travers les traits de son enfant. Sa beauté l'émeut.

— Tu ressembles de plus en plus à ta mère. Je crois qu'il est temps que l'on songe à te marier.

– Que voulez-vous dire ?

– Ta mère et moi, lui répond Lorenzo, nous aimerions te voir prendre mari cet hiver.

– J'imagine que vous avez quelqu'un en vue, avance Blanche, prudente.

– On pensait au fils du voisin.

– Le grand Audet ? Parlez-vous sérieusement ? Moi, me marier à ce grand échalas ?

– Il nous a semblé intéressé. Il ferait un bon parti.

– S'il semble un bon parti, lance Blanche sans pouvoir se contenir davantage, mariez-le, vous !

– Ma fille, manque pas de respect à ton père. On en reparlera, mais il va falloir que tu te fasses à l'idée de te marier un jour. Si c'est pas avec lui, ce sera avec un autre.

Sous son regard de braise, Blanche se mord les joues pour ne pas rétorquer que, à son avis, il n'y a rien qui presse. Elle n'a pas l'intention de passer sa vie à ramasser un homme et des enfants. Elle sait, par contre, que de telles répliques ne feraient qu'attiser la colère de son père. Lorenzo, malgré l'impertinence de sa fille, est heureux de retrouver la fougue que son aînée dissimulait depuis trop longtemps à son goût.

– Bon, passe une belle soirée. Je reviendrai tôt demain matin, lui dit Lorenzo en passant la porte.

– C'est ça, au revoir.

Le bedeau ne remarque pas la colère qui pointe dans la voix de sa fille : il pense déjà à sa femme. Il cherche la façon de lui annoncer la nouvelle disparition. Berthe lui a dit et répété de la ménager.

*
**

Rose-Délima se berce sur le perron. Son ventre grossit encore. Les mains bien à plat sur ce monticule qui se dresse entre elle et le monde, elle observe la nuit étoilée. Son corps est las, mais son esprit se démène avec les pensées.

– Vivement que cette grossesse prenne fin.

Elle aime être enceinte. Chaque enfantement a été accueilli dans la joie. Pourtant, il lui tarde que cette naissance arrive. L'enfant est lourd et agité. Il lui arrive parfois de manquer d'énergie pour ses tâches quotidiennes. Jamais, au cours de ses précédentes grossesses, elle n'a ressenti cette impression que le bébé absorbait toutes ses ressources et la vidait tranquillement de sa vie. Cette idée lui fait un peu peur.

– Ça va, maman?

– Tonio, tu es pas couché, toi?

– Odilon arrête pas de me donner des coups de pied. Je suis venu boire un verre d'eau.

– Viens mon grand, assieds-toi avec moi. On va attendre ton père ensemble.

Son Antonio aux yeux bleus sait comment s'y prendre avec elle. Normalement, elle l'aurait renvoyé au lit illico, mais ce soir un peu de compagnie lui fera du bien.

– Tu as grandi cet été, dit la mère en caressant la tête de son fils.

– Mes culottes me font presque plus, répond Antonio.

– C'est vrai. On regardera dans les vêtements de Romuald demain pour te trouver de quoi finir l'été. Je demanderai à ton père de te rapporter des vêtements neufs pour le début de l'école la prochaine fois qu'il ira en ville.

– Je suis obligé d'y retourner?

– On n'aura pas cette discussion de nouveau, veux-tu, Tonio.

– Oui, maman.

Son fils déteste l'école. Il faut dire que la maîtresse ne le ménage pas. Plus habile de la main gauche, il est revenu plusieurs fois l'an passé avec la main en sang. La maîtresse le punit chaque fois qu'il l'utilise pour écrire au lieu de la main droite, comme il convient.

— Maman, est-ce que je vais mourir ?

— Pourquoi tu demandes ça ? Tu penses à Georges-Étienne ?

Antonio, timide, n'ose regarder sa mère.

— Oui.

La question la désarçonne. Elle revient tous les jours, mais s'efforce de chasser l'idée aussi vite qu'elle monte à son esprit. Comment répondre à l'angoisse et à la tristesse qu'elle lit sur le visage de son garçon ?

— Viens, serre-moi dans tes bras. On meurt tous, c'est certain, mais toi tu as encore beaucoup d'années à vivre. Plus que tu peux l'imaginer.

— Et vous ?

Elle sent le petit cœur d'homme battre tout contre sa poitrine. Elle sait que depuis qu'il l'a trouvée évanouie, il y a quelques semaines, Antonio s'inquiète pour elle.

— T'en fais pas. Ton père arrive sur le chemin. Donne-moi un bec et monte te recoucher. Il serait pas content de te voir debout à cette heure.

Le fils étreint sa mère un moment, la serrant fort avec ses petits bras. Lorenzo arrête sa carriole et en descend d'un bon.

— Antonio, tu es pas couché ?

— Il venait simplement me souhaiter bonne nuit, lui répond Rose-Délima.

— Allez, monte dans ta chambre maintenant, il est tard.

— Oui, papa.

Antonio étreint sa mère, puis retourne dans la maison.

Lorenzo se penche pour embrasser Rose-Délima. Tout son corps est tendu. Son attitude révèle à quel point il est soucieux.

— Tu as une mauvaise nouvelle à m'annoncer, lance Rose-Délima.

Décidémment, il ne peut rien cacher à sa femme. Ils se connaissent trop bien.

— Il y a un nouveau mort, c'est ça? continue-t-elle.

— Non, enfin, pas encore, répond Lorenzo. Je veux pas que tu t'inquiètes.

— Trop tard.

Rose-Délima attend. Lorenzo hésite. Il prend place à côté d'elle.

— Lorenzo, lui dit Rose-Délima.

— Déjà que ta grossesse te fatigue, se défend Lorenzo, j'aurais préféré ne pas t'en parler.

— Maintenant que tu as commencé... Alors, qu'est-ce qui est arrivé?

— La fille du notaire a disparu.

— Est-ce qu'on l'a retrouvée?

— Non. Son père la cherche encore. Aurel et Rosaire lui donnent un coup de main.

— Il fait tellement noir, remarque Rose-Délima.

— Demain matin, s'ils l'ont pas retrouvée, on fera une battue.

— Je vous accompagne.

— Rosie, lui dit Lorenzo, c'est pas raisonnable.

— Si je reste ici à attendre, ça va m'énerver. Marcher me fera pas de tort.

— On en reparlera demain.

Les deux époux restent assis un temps en silence.

— Lorenzo, murmure Rose-Délima, il se passe des choses étranges.

— Je te le fais pas dire.

— Non, dit Rose-Délima, je veux dire, il m'arrive des choses bizarres. J'ai des visions.

— Ça doit être ta grossesse qui te malmène, suggère Lorenzo.

— J'ai vu les deux enfants avant de savoir qu'ils étaient morts.

— Où tu les as vus ? demande Lorenzo, surpris.

— Dans des rêves. Des rêves éveillés. Aujourd'hui, j'ai vu un autre enfant. Un tout petit enfant avec des boucles blondes couché dans l'herbe jaune.

— Mon Dieu. En as-tu parlé à quelqu'un ?

— Juste à Berthe, avoue Rose-Délima.

— Veux-tu me faire plaisir ? N'en parle plus à personne. Les gens sont nerveux, ils cherchent un coupable.

— Lorenzo, penses-tu que j'aurais pu tuer ces enfants ?

Lorenzo prend la main de sa femme et la regarde tendrement. Il l'aime tellement. Il ne veut pas que quelque chose lui arrive. Il sait que, quand elle est enceinte, Rose-Délima peut avoir un comportement erratique et incontrôlable. Doucement, il replace une mèche derrière l'oreille de son épouse, mais il ne veut pas y penser. Il ne veut plus penser. Pour ce soir, il en a assez.

— Maintenant, il est temps d'aller nous coucher.

— Oui, allons dormir.

La nouvelle se répand comme une traînée de poudre. On se presse sur le parvis de l'église. Au moins soixante-quinze personnes sont présentes, chargées des bons mots de ceux qui n'ont pu se libérer pour soutenir le notaire et sa famille. Tout le village partage leur douleur. Antoinette est leur seule enfant, aussi espère-t-on la retrouver vivante.

Lorenzo s'approche de Blanche, qui semble fébrile.

— Comment se sent monsieur le curé aujourd'hui ?

— Il est fatigué, lui répond Blanche, mais il me fait dire de pas vous inquiéter. Il préfère ne pas participer aux recherches, ne serait-ce que pour mettre votre conseil en pratique et se reposer.

— Tu ferais mieux de retourner au presbytère, lui conseille Lorenzo.

— C'est lui qui m'envoie. Il veut qu'il y ait le plus de monde possible. Maman n'est pas avec vous, j'espère.

— Tu connais ta mère ; elle attend en bas des marches, pas moyen de lui faire entendre raison.

— Je vais aller la rejoindre.

La foule se regroupe par affinités, familles et amis, dans l'attente du commencement. Le maire prend place devant les portes closes. Il attend un instant d'avoir l'attention de tous et commence son discours.

— Mes amis, je vous remercie d'être venus en si grand nombre. Nous recherchons Antoinette Audet, une petite fille blonde âgée de deux ans. Hier, elle portait une robe rose. Je vous propose de faire une ligne le long de la route principale et de ratisser le terrain jusqu'à la rivière. Tâchez de couvrir chaque parcelle de terre. Si vous découvrez quoi que ce soit, dites-le. Tout peut être utile. Si vous n'avez pas de questions, commençons les recherches sans plus tarder.

Dans le calme, hommes et femmes s'installent à quelques pas les uns des autres pour s'assurer que rien ne leur échappe. Tandis que Blanche se trouve avec des jeunes filles de son âge, Lorenzo se tient aux côtés du maire et Rose-Délima marche en compagnie d'Aurel.

— C'est une belle grande fille que vous avez là, dit Aurel à Rose-Délima. Elle doit bien avoir vingt ans.

— Elle en aura vingt-deux en décembre, répond fièrement la mère.

— Déjà ! Vous avez pas pensé la marier ?

— Je voudrais, mais nos finances cette année sont un peu justes, admet Rose-Délima. J'aimerais la fiancer cet automne.

— Elle a un prétendant ? s'enquiert Aurel.

— Odilon Audet s'est montré intéressé, mais il a pas encore fait sa demande.

— Je veux pas me mêler de ce qui me regarde pas, mais il me semble que, pour votre fille, je verrais quelqu'un qui a un peu plus d'allant. Entre vous et moi, Odilon Audet, c'est pas le gars le plus dégourdi du village.

— Non, mais c'est un gentil garçon, dit-elle.

— Dans la vie, ça suffit pas d'être gentil. Faut parfois savoir montrer les crocs si on veut se faire respecter.

— Certains ont les crocs plus longs que d'autres.

— Ça vous cause un problème ? demande-t-il.

Aurel regarde Rose-Délima. Il scrute son visage à la recherche d'un indice qui lui indiquerait ce que sait cette femme sur les morts qui sont survenus dans le village. Selon son intuition, elle en sait plus qu'elle ne le dit.

— Non, tant que personne ne se fait blesser inutilement, y a pas de problème.

Un frisson parcourt le dos de l'homme.

La ligne que forment les habitants se déplace doucement. Tous discutent à voix contenue, se concentrant sur les herbes hautes. La végétation, assoiffée, s'étend en jaune doré sur le sol. Les tiges durcies fouettent les jambes nues des femmes comme du foin coupé. Une autre journée de chaleur s'annonce sur la région. Pourtant, aujourd'hui, la petite Antoinette monopolise toutes les pensées.

— Quelle tristesse !, dit Rose-Délima. Entre la sécheresse et les morts qui s'abattent sur nous, on dirait que le destin s'acharne à faire de cet été une saison grise et désolante. Quel plaisir normalement, après l'hiver, de revoir la terre fleurir, les arbres s'épanouir et plier sous le poids des fruits. Cette année sera une saison maigre.

— Rien pour favoriser une noce, lui répond Aurel.

— Non, rien pour aider. Mais bon, on est tous égaux devant les caprices de la nature. Va falloir vivre avec.

— J'imagine que les décès doivent aider à arrondir les fins de mois.

— Que veux-tu dire ?

— Avec son travail de bedeau, avance Aurel, Lorenzo gagne peu, mais si les rumeurs disent vraies, le curé donne toujours un supplément pour les messes des morts. En plus de son travail de fossoyeur, ça peut faire une jolie somme.

— Que sous-entends-tu, Aurel ?

— Moi, rien.

— Si tu penses qu'on tire profit de ces drames, lui lance Rose-Délima, je tiens à te rappeler qu'aux dernières nouvelles, c'est sur ta terre que ces enfants ont été enterrés.

Aurel sent une brèche s'ouvrir dans le mur de passivité et de calme dont se pare Rose-Délima. Il s'y faufile pour le faire s'étioler. Il veut savoir ce que cachent les yeux bleus de la femme.

— Certaines personnes, suggère Aurel, pensent que nous devons pas craindre un loup, mais bien un être humain. Je voulais simplement vous prévenir.

— Voyons, dit-elle surprise, personne ne peut imaginer que Lorenzo puisse être mis en cause dans cette affaire. Tout le monde sait qu'il est incapable de faire mal à une mouche.

— Je pensais pas à lui, dit-il.

— À qui penses-tu ?

Le cœur de Rose-Délima s'emballe. La sueur qui se forme sur son front haut et majestueux menace de déferler sur son visage. Bien qu'elle doive la raviver, cette eau ne la rafraîchit pas. Aurel l'énerve.

— À vous, lance l'homme sournoisement.

L'œil d'Aurel brille. Dans son esprit, une idée germe, fait son chemin. Rose-Délima s'inquiète. Rien de bon n'émane jamais d'une telle lueur.

— Moi? Enceinte jusqu'aux yeux, les bras chargés d'enfants. De quoi parles-tu?

— Je crois pas que vous êtes coupable, dit-il. Seulement, je trouve les similitudes troublantes. Je voulais vous en parler avant que quelqu'un d'autre soulève la question. Vous comprenez, je vous estime beaucoup, votre mari et vous, et je serais peiné de voir des gens se retourner contre vous.

— Qui voudrait se retourner contre nous? De quelles similitudes parles-tu Aurel Labonté? lance Rose-Délima énervée. Parle pour que je te comprenne.

Le pas de la femme s'appesantit. Elle doit fournir un effort supplémentaire pour continuer à avancer. Normalement, elle rugirait devant de telles infamies, mais la voilà impuissante, incapable de se révolter et de se défendre. Elle se laisse pousser par le vent chaud qui souffle. La brise qui lui caresse délicatement les joues traîne avec elle l'angoisse de la famille Audet et de tout le village, angoisse qui vient se tisser à celle de Rose-Délima.

— Un an après votre mariage, dit Aurel – j'étais pas très vieux –, je vous ai trouvée avec un chien à vos pieds.

— Oui. Mais en quoi est-ce un drame? demande la femme de plus en plus paniquée.

— Vous vous rappelez pas? Vraiment?

Rose-Délima se sent fébrile. Avec ses insinuations, cet homme éveille une tension qui la paralyse. Cette histoire de chien l'agace. Un souvenir vague la taraude. Le même qui a tenté de surgir du passé le soir où Berthe et elle ont recousu George-Étienne.

— Non, dit Rose-Délima, je me rappelle pas. Dis-moi ce que je devrais savoir ou tais-toi pour de bon.

Aurel s'éloigne subtilement du reste des villageois tout autour, isolant Rose-Délima avec lui. Il veut créer le malaise tout en s'assurant de la docilité et de l'écoute de la femme. Il la sait coriace, mais la raideur de ses réponses ne l'effraie pas.

– C'était la nuit, commence Aurel. J'aurais dû dormir. Mais ce soir-là, je me suis réveillé, parce que j'avais fait un cauchemar. Ma mère était partie aider une femme à accoucher. J'étais seul. J'avais peur. Dehors, le chien s'est mis à aboyer. J'étais certain qu'on venait pour me faire du mal. Dans mon lit, j'espérais le jour. Je maudissais ma solitude, sans mère, sans père. Seul. Encore une fois laissé à moi-même avec mes craintes et mon angoisse. Puis, le chien s'est tu. J'étais pas très gros ni très brave, mais le dernier cri de la bête, comme une sorte de plainte délivrant une douleur violente, m'a appelé à lui. Je suis sorti de mon lit. Je me rappelle, je tremblais.

À l'évocation de cette nuit, Aurel rit. La mémoire lui revient en une brise légère. Il se souvient de son passé comme si un murmure d'autrefois remontait doucement jusqu'à son oreille en chantant un air un peu différent, changé par la distance confortable qu'impose le souvenir. Aujourd'hui, il n'a plus peur.

– Que s'est-il passé? demande Rose-Délima, inquiète de la réponse qui va venir.

– Je suis descendu, éclairé par la lune. Je me rappelle que le plancher craquait sous mes pieds nus. Le silence m'effrayait encore plus que les jappements. Je suis sorti. Dehors, y avait personne sauf moi et les ombres. Je savais que le chien était attaché derrière la maison des Tawell. Sans réfléchir, guidé par mon instinct, j'ai traversé la rue et contourné le garage. C'est là que je vous ai vue.

– Tu m'as vue?

– Oui, assise par terre, avec près de vous le chien de berger qui n'aboierait plus jamais.

— Mort? demande Rose-Délima le cœur battant la chamade.

— Éventré sauvagement, les tripes à l'air, décrit Aurel le sourire aux lèvres. Et vous, vous aviez son foie dans la main. Le menton barbouillé de sang, vous étiez en train de mastiquer la chair crue. En vous voyant, j'ai vomi.

Des images reviennent à la mémoire de Rose-Délima. Des éclairs violents agressent son esprit. La salive afflue dans sa bouche. Elle avale péniblement. Elle croit se rappeler, mais le voile de l'oubli camoufle son souvenir.

— Et après?

— Je suis parti en courant. Sur la galerie, ma mère m'a ouvert la porte. Elle a d'abord voulu me chicaner d'être sorti à cette heure, mais en voyant mon énervement, elle s'est ravisée. Elle a pris soin de vous, vous a lavée, reconduite chez vous, puis elle a fait disparaître le cadavre de la pauvre bête. Quand j'ai su que les enfants avaient plus leur foie, je me suis remémoré.

Le chien n'avait plus de foie! Comme les enfants et ce trou béant à la place de leur ventre. La femme enceinte revoit ces corps mutilés où se superpose celui d'un chien. La chaleur la prend à la gorge. Elle étouffe.

— Je... ne... balbutie Rose-Délima. Non, je ne me souviens pas. Non, c'était pas moi. Ça se peut pas!

Serait-elle coupable de tous ces morts qu'elle a vus avant de savoir? Serait-elle la responsable de tant d'horreur? La course folle qui se déroule dans sa tête excite ses méninges, carbure au trouble qui l'envahit et lui laisse le souffle court. Dans son ventre, l'enfant s'agite à son tour. Il tourne, pousse les parois qui le protègent, le maintiennent prisonnier. Rose-Délima se sent étourdie. Aurel continue à sourire, dirigeant leur marche loin du groupe.

— Je voulais pas vous bouleverser. Je pensais qu'il valait mieux vous en parler.

Soudain, elle cesse son pas. Devant ses yeux, une fillette repose dans l'herbe. De belles boucles blondes encadrent son visage angélique. Est-ce un rêve ou la réalité ?

— Allez-vous bien ? demande Aurel devant le trouble apparent de Rose-Délima.

— Aurel...

La phrase de Rose-Délima reste suspendue dans l'air chaud. Son regard est fixé sur le cadavre de l'enfant. Hypnotisée par ce tableau, Rose-Délima n'arrive pas à terminer sa phrase, elle désigne le sol devant eux. Aurel cherche dans l'herbe ce qui capte l'attention de la femme. Il fait un pas, s'approche. Antoinette est là, devant lui.

— Oh, mon Dieu !, dit-il tout bas.

— Tu la vois ? demande Rose-Délima.

— Elle est ici ! rugit-il. Je l'ai trouvée ! Antoinette est ici !

À ce cri, les gens tout autour se rassemblent. À la vue du petit corps éventré, les hommes écartent les femmes. Une clôture humaine se dresse entre Antoinette et la foule qui se presse pour la voir. Puis, rapidement, une brèche s'ouvre sur les parents de la petite.

— Ernest, Bernadette, dit Aurel je crois qu'il serait préférable que vous attendiez qu'on vous la ramène avant de la voir.

— Monsieur Labonté, merci de votre prévenance, mais je veux ma fille, lui répond Bernadette, intransigeante.

Les hommes laissent passer les parents. Leur corps se voûte sous le poids de la douleur, ils relâchent la tension qui les gardait debout depuis la veille au soir. En voyant son enfant avec le ventre béant et le visage tordu, Ernest lâche une plainte que l'assistance ressent jusque dans les os. Une déchirure violente, comme la faille de San Andreas qui tremblerait, brise son âme. L'homme pleure. Bernadette s'approche de sa fillette.

– Ma Toinette, maman est là. Tu n'as plus rien à craindre.

Elle se penche sur sa petite princesse bouclée qui tient encore dans sa main fermée la poupée de chiffon que sa grand-mère lui avait confectionnée avant qu'elle naisse. Bernadette prend son enfant contre elle, la serre tel un nouveau-né et la berce tendrement.

– C'est fini, ma belle. Je te ramène à la maison. Tu voudrais un bol de lait chaud ? Du bon lait comme tu l'aimes. Oui ? Oui, je vais mettre un peu de miel et de la cannelle, comme quand tu te réveilles la nuit et que tu as peur. Tu veux du lait à la cannelle ? Oui. Bonne fille. Tu as été très brave. Toute seule, toute la nuit. Maman s'excuse, elle ne voulait pas t'abandonner.

Les sanglots brisent sa voix. Ahurie, elle ne voit plus les hommes qui la regardent, confus devant tant de souffrance.

– Je t'aime, mon bébé. On va retourner à la maison. On va tout arranger. Tout sera comme avant, je te le promets. Oh ! mon ange, comme tu m'as manqué.

Et elle embrasse le front froid, la peau sans vie. Elle flatte la petite tête, jouant avec les boucles. Ses larmes vont tremper le visage de sa fille. La mère de Bernadette, Céléda, qui marchait un peu plus loin dans la battue, se fraye un chemin à travers la consternation. Elle s'approche.

– Bernadette.

– Maman, regardez, on a retrouvé Antoinette. Tout va bien. Vous voyez maman, on a retrouvé la petite.

– Bernadette, ta fille...

– Elle est belle, n'est-ce pas ? Je vais lui donner un bain. Elle a faim. Je vais lui servir un bol de lait, après je la mettrai au lit.

– Bernadette, écoute-moi, Antoinette n'est plus là. Antoinette est morte.

Bernadette se tourne vers sa mère. La rage embue son regard.

– Pourquoi dire ça ? Pourquoi me faire de la peine ? Ma fille n'est pas morte, elle est avec moi, dans mes bras. Regardez, elle tient votre poupée. Regardez.

Elle décolle de son sein le corps de son enfant, ce qui dévoile sa robe salie par la dépouille. Les intestins glissent hors du corps.

– Oh non ! je lui ai fait mal. Pardonne-moi. Pardonne-moi.

Elle resserre son bébé, se berçant avec frénésie d'avant en arrière.

– Bernadette, se reprend Céléda, je crois qu'Antoinette est fatiguée. Il faut la ramener à la maison. Viens avec moi, Ernest va la prendre. Elle est trop lourde pour toi. N'est-ce pas Ernest ?

– Oui, ma Bernadette, enchaîne Ernest. Retourne avec ta mère. Je vais ramener Toinette. Il faut qu'elle dorme maintenant.

Suspicieuse, Bernadette regarde sa mère, puis son mari.

– Tu vas la ramener à la maison ? demande-t-elle à ce dernier.

– Promis, ma belle, lui jure Ernest.

Alors la femme se lève, tenant toujours son enfant, son trésor.

– Maman te quitte, mon bébé. Non, non, je ne te laisse pas toute seule. Je te confie à papa. Lui aussi, il est heureux de te revoir. Ne pleure pas, non. Je vais aller chauffer le lait. Quand tu arriveras, il sera sur la table. Oui, ma belle, maman t'aime gros, gros, comme le monde.

Elle l'embrasse une dernière fois. Malgré le ventre ouvert, les tripes qui en sortent, elle glisse délicatement le corps de sa fille dans les bras de son mari.

– Sois bien sage. On se voit tout de suite mon ange.

Céléda entoure les épaules de sa fille et doucement, sans une parole, l'entraîne à l'extérieur du cercle des hommes. Chargé de son enfant, Ernest ne sait quoi faire d'autre que pleurer. Le maire, qui accourt à l'appel de la découverte, s'approche du notaire.

— Ernest, dit Pierre-Eusèbe, donne-moi ta fille. Nous nous en occuperons. Va rejoindre ta femme, elle a besoin de toi.

— Elle ne me laissera pas revenir sans elle, lui répond Ernest à travers ses larmes.

— Amenez-la chez moi, propose Berthe. Si vous me la confiez, je vous la ramènerai avant la fin de la matinée.

— Je ne sais pas.

— Ernest, confirme Pierre-Eusèbe, Berthe saura en prendre soin. Fais-lui confiance.

— D'accord.

Aurel s'avance pour prendre l'enfant afin de l'amener chez sa mère.

— Merci, dit Ernest, mais je préfère la conduire moi-même.

Berthe enlève le tablier qui ceint toujours sa taille et couvre la petite.

— Maintenant, nous pouvons partir.

Berthe et Ernest quittent les lieux.

Le maire constate l'énervement envahir la foule qui s'est rassemblée sur le parvis de l'église après la découverte du cadavre. De partout, il entend les voix s'élever, indignées, pour exiger que l'horreur prenne fin. Troublées par la douleur qui a terrassé Bernadette Audet, les femmes se réunissent et se serrent dans les bras les unes les autres. Elles partagent peine et soulagement. Elles ont peur. Tous ont peur. Et puis un questionnement se répand dans les esprits choqués et fait trembler l'air lourd de chaleur, il sème le doute : et si le tueur se tenait debout parmi eux ? Qui peut être assez cruel pour s'en prendre à des enfants ? La haine et la colère assèchent les cœurs comme le soleil maltraite les champs en cet été caniculaire. Le maire comprend qu'un autre décès de la sorte ne saurait survenir sans remettre en cause sa position.

— Mes amis, clame-t-il pour que la foule l'entende, je crois que vous serez tous d'accord avec moi, cette situation ne peut perdurer. Nous ne pouvons laisser un animal gérer notre destin, menacer nos vies. Il est plus que temps d'agir afin de mettre un terme à ces atrocités. Je demanderais à tous les hommes en âge de tenir un fusil de me donner leur appui dans la chasse au loup qu'il faut entreprendre pour retrouver la paix et la tranquillité.

— Est-on certain que ce soit un loup ?

Cette question, sortie de la bouche d'Aurel Labonté, surprend le maire. Mais le doute ne suffit plus. Il faut désormais agir.

— Je ne peux concevoir âme humaine capable d'une telle barbarie. Pas un chrétien sur terre n'oserait agir ainsi sans craindre les foudres de Dieu. Alors Aurel, jusqu'à preuve du contraire, le coupable est un loup, le loup qu'a aperçu le fils d'Ambroise Chabot.

Aurel soutient le regard du maire.

— Quand désirez-vous entreprendre la chasse ? lui demande-t-il.

— Aujourd'hui. Maintenant. Il ne doit pas être trop loin.

— Je vous propose d'attendre ce soir, conseille Rosaire. La chaleur sera plus supportable et nous aurons le temps de nous occuper de nos bêtes. Et puis, actuellement, ce loup doit être en train de se reposer, le ventre repu. Il sortira pas avant la nuit, s'il sort.

Le maire regarde Rosaire Marquis qui vient de prendre la parole et, sans le contredire, s'adresse aux hommes devant lui.

— Messieurs, je vous attends ici, sur le parvis de l'église, à huit heures ce soir. Apportez lanternes et fusils. Nous ne cesserons cette chasse qu'une fois le cadavre de ce loup entre nos mains.

Les villageois se dispersent, satisfaits de la solution suggérée par leur maire. Lorenzo rejoint Blanche, qui se tient en retrait.

— Ma grande, retourne auprès du curé. Dis-lui que je viendrai un peu plus tard dans la journée.

— Comme vous voulez.

— As-tu vu ta mère ?

— Elle marchait avec Aurel Labonté lors de la battue, mais je l'ai pas revue depuis la découverte d'Antoinette.

— J'espère que tout va bien.

— Vous connaissez maman, elle a dû rentrer pour faire dîner les enfants.

— Je le souhaite. Je vais retourner à la maison. Je te vois plus tard.

Le père et la fille se laissent, chacun partant de son côté : l'une pour le presbytère, l'autre pour son domicile.

Lorenzo allonge le pas. Bien que sa maison se situe à proximité de l'église, le chemin lui paraît interminable. Il s'en veut d'avoir plié encore une fois au désir de sa femme. Il la trouve nerveuse. Elle semble souffrir de son état. C'est la première fois qu'une grossesse lui pèse autant. Elle ne dit rien, ne se plaint pas, mais il le sent.

Rose-Délima n'a jamais fait sa précieuse, il ne s'attend pas à ce qu'elle lui avoue le malaise de son état.

Dans la maison, le calme le surprend. Il se dirige vers la cuisine, espérant y voir sa femme. Elle n'est pas là. Seule, occupée à terminer le ménage, sa fille Olivine balaie le plancher.

— Bonjour, papa.

– Bonjour, Olivine. As-tu vu ta mère ?

– Oui, elle est montée se coucher. Est-ce que tout va bien ?

– Oui, oui.

– Avez-vous retrouvé la petite Antoinette ?

Lorenzo n'ose répondre. Il opine silencieusement, ayant encore en tête l'image de la mère tenant le cadavre de sa fillette.

– Est-elle...

– Oui.

Cette annonce fait tambouriner le cœur d'Olivine, accélérer son sang. Elle laisse échapper le balai par terre. Sans se pencher pour le ramasser, elle demande à son père :

– Pensez-vous que ça va encore se produire ?

– J'espère que non. Je te promets, ma fille, on va tout faire pour y mettre un terme. Où sont tes frères et sœurs ?

Malgré son désir de paraître calme, la situation inquiète Lorenzo.

– Je les ai envoyés jouer dans la grange. Je leur ai dit de pas s'éloigner et de rester groupés. Vous en faites pas, Antonio veille sur eux.

– Bon, je vais aller voir ta mère.

Après la découverte d'Antoinette Audet, Rose-Délima est retournée chez elle s'aliter. Les propos d'Aurel ont déclenché une tempête dans sa tête et dans son cœur. Lorenzo la trouve étendue, le visage blême et contorsionné par les tiraillements de son ventre.

– Ma Rosie, dit doucement Lorenzo en s'assoyant près d'elle, je savais que c'était pas une bonne idée de faire cette battue avec nous.

– Je suis un peu fatiguée, tente de le rassurer Rose-Délima, mais rien de grave. Où est Blanche ?

– Je l'ai laissée au chevet du curé. Il se sent pas très bien. J'ai cru préférable qu'il ait une présence à ses côtés. Je peux la faire chercher si tu veux.

— Non, le curé a probablement besoin d'elle plus que moi, dit Rose-Délima, résignée. Olivine va se charger de la maison. Elle peut s'occuper de ses frères et sœurs. Elle a dix-sept ans, après tout.

— Je vais aller voir Berthe, suggère Lorenzo, pour lui dire de passer quand elle aura le temps.

— Non, ça va. Que veux-tu qu'elle fasse ? Je vais rester couchée. Je devrais aller mieux dans une couple d'heures.

— Tu accepteras donc jamais qu'on s'occupe de toi.

Faisant fi du commentaire de son mari, Rose-Délima maîtrise une grimace de douleur pour ne pas l'angoisser davantage.

— Qu'a décidé de faire monsieur le maire ? demande Rose-Délima pour changer de sujet.

— Une chasse au loup sera menée ce soir. Mais...

— Mais ? demande Rose-Délima, sachant pertinemment que son mari ne lui dit pas le fond de sa pensée.

— Mais, c'est certain que je me demande quelle sorte de loup peut attaquer sans se nourrir. Il me semble que, s'il avait faim, il ne prendrait pas uniquement le foie.

Rose-Délima blêmit lorsqu'elle entend son mari lui parler du foie disparu. Le tourment la reprend : pourrait-elle avoir tué ces enfants ? Paniquée, elle ne veut surtout pas que Lorenzo comprenne ce qui la trouble. Elle ne veut pas avouer qu'elle doute. Elle ne veut pas imaginer le pire. Elle se glisse plus bas dans le lit.

— Lorenzo, je me sens fatiguée. Je crois que j'ai besoin de dormir. Veux-tu me laisser s'il te plaît.

— Bien sûr. J'y vais.

Lorenzo embrasse sa femme. Il quitte la pièce et ferme la porte sur l'inquiétude de Rose-Délima.

QUATRIÈME PARTIE
UNE NUIT DE PLEINE LUNE

Je choisis des enfants parce qu'ils sont faciles à approcher. Ils sont là, à s'offrir à moi. Ils ont de grands yeux de biche qui regardent le loup arriver. Ils l'attendent. Sans proie, pas de prédateur : nous ne pouvons vivre l'un sans l'autre. C'est la loi. Je suis un fauve. J'ai un appétit insatiable. Je ne fais que ce que l'on attend de moi. Ils ne m'auront pas.

Et s'ils pensent qu'ils me font peur avec leur histoire de chasse... Ils verront bien.

CHAPITRE X

Une nuit de pleine lune tombe sur le village. La lueur du gros caillou lunaire sera appréciée pour les recherches. Les hommes armés de fusils et de lanternes arrivent en grand nombre au point de rendez-vous fixé par le maire. Huit heures approchent. L'excitation, couplée à la colère des deuils, est palpable. On parle fort, on rit, on se tape dans le dos. C'est à qui se vanterait de ramener le cadavre de l'animal. Le maire regarde les villageois arriver. Malgré le deuil, il ne peut retenir la fierté de se greffer en son cœur. À Sainte-Clarisse, on connaît encore la solidarité.

— Messieurs, je n'ai qu'une chose à vous dire : ramenez le corps de cette bête. Rappelez-vous que l'animal est agressif, voire violent. N'hésitez pas à tirer, mais ne soyez pas téméraires. Si vous l'apercevez, prévenez le groupe immédiatement : il nous le faut mort ce soir.

La foule émet un grognement d'approbation, puis se divise en deux. Une partie va vers la rivière. Elle remonte la rue de l'Église pour se rendre au-delà du rang Saint-François. L'autre portion se dirige vers le rang le Grand où se trouve le clos de Bilodeau.

*
**

Lorenzo refuse de participer aux recherches. Les traits tirés de Rose-Délima et le blanc de son visage trahissent sa souffrance. Bien qu'elle l'ait incité à accompagner les autres hommes, il tient son bout et reste à la maison.

Pour le moment, la femme enceinte demeure couchée. Elle n'est pas descendue souper et n'a pas faim. Tout son corps lui fait mal. Elle a l'impression qu'un million d'épines lui transpercent la peau et se plantent dans ses os. Elle ne supporte pas le contact des draps, même si elle a froid. Des frissons la parcourent. Sa tête veut exploser. Le sang qui afflue jusqu'à ses tempes tambourine, ce qui ne lui laisse aucun répit.

La lumière pâle qui pénètre dans la chambre dévoile son corps malade. Elle somnole quand une première contraction se déclenche. Après des heures de lutte contre la fièvre, elle trouvait à peine le sommeil. La force du spasme lui arrache un cri. Elle sait que le travail commence.

Lorenzo entre dans la chambre. Il découvre sa femme couchée dans des draps détrempés.

— Lorenzo.

— Je vais chercher Berthe !

Olivine, envoyée au chevet de sa mère en attendant que son père revienne avec la sage-femme, s'applique à lui laver le corps, à changer sa robe de nuit mouillée par la fièvre. Rose-Délima n'a plus de force. Antonio se tient debout dans le cadre de la porte et regarde sa sœur prendre soin de sa mère.

— Tonio, ne reste pas là.

— Olivine, est-ce que maman va bien ?

La voix de son fils, son petit homme, extirpe Rose-Délima de la brume dans laquelle son esprit s'enfonce lentement.

— Tout va bien, Tonio. Retourne te coucher. Demain, tu auras un nouveau petit frère. Il te faudra prendre bien soin de lui.

Le garçon regarde sa mère, acquiesce en silence, puis laisse les deux femmes.

– Olivine ?

– Oui, maman.

– Tu t'en occuperas toi aussi ?

– Faites-vous en pas avec ça. Tout va bien aller, vous verrez, répond la jeune fille en y croyant à moitié.

Le brouillard a repris le contrôle des sens de Rose-Délima et l'amène loin derrière sur le chemin du souvenir. Dans son délire, elle court. Le blé fouette ses jambes. Elle se promène les pieds nus. Elle avance à travers les champs dans l'opacité de la nuit. Son corps ne ressent ni les roches ni les égratignures sur sa peau. Dehors, il n'y a rien d'autre que le hurlement d'une bête qui l'appelle à elle. Il lui faut courir, trouver l'animal, il en est de sa survie. Rose-Délima divague.

Dans la noirceur, le loup glapit, il sent le danger qui rôde. Il doit fuir la mort qui s'annonce. Au loin, les recherches vont bon train. Les agriculteurs ratissent les bocages des alentours. Ils s'éloignent de plus en plus, persuadés que leurs efforts se verront couronnés de succès. Les rires et les bravades du début font place au silence, à la concentration. Il n'est pas dit qu'un animal sauvage viendra à bout de leur patience, de leur hargne. Doucement, une rumeur court parmi les hommes : on aurait perçu des mouvements près de la rivière, à la sortie du village.

– Monsieur Morissette, dit Aurel, monsieur le maire rapporte qu'on aurait vu le loup plus à l'est.

– Vous voulez faire quoi ? lui demande Jean Morissette, le beau-frère d'Ernest Audet.

— Prévenez vos fils, lui répond Aurel, avertissez monsieur Roy, on devrait se rabattre pour l'empêcher de fuir vers le nord.

— Parfait.

Un filet humain se déploie et se rapetisse aussitôt afin de créer un cône qui isolera la bête. La hargne s'empare des cœurs.

L'heure de la vengeance a sonné.

*
**

Berthe est seule sur sa galerie quand elle voit arriver Lorenzo. Elle n'a pas besoin de mots pour comprendre. Elle ramasse son matériel posé à ses pieds.

— C'est Rose-Délima, dit Lorenzo en arrivant.

— Je m'en doutais, répond Berthe. Une lune comme celle de ce soir, ça déclenche les humeurs. Le travail a commencé ?

— Je croirais que oui, répond Lorenzo. Elle ne va pas bien. Je pense même qu'elle a de la fièvre.

— Vous auriez dû venir me chercher plus tôt.

— Elle voulait pas.

Le reproche de Berthe le pénètre comme un dard. Il aurait voulu la faire chercher, mais il ne sait pas tenir tête à sa femme. Et puis, elle sait être tellement persuasive...

*
**

Dans la chambre, Olivine n'ose pas s'éloigner. Elle éponge le front de sa mère avec anxiété. Rose-Délima tient des propos décousus, gémit, crie à chaque nouvelle contraction. Une vague part du dessous de sa poitrine, traverse le nombril puis s'éteint à la hauteur du sexe dilaté.

Berthe entre dans la pièce, l'air sévère. Elle redoute une longue nuit.

— Comment elle va ? demande-t-elle à Olivine soulagée de la voir arriver.

— Elle délire, répond la jeune femme. Je lui ai changé sa chemise de nuit. Je l'ai lavée. Elle a beaucoup sué.

— Elle délire ?

— Elle parle d'un chien qui hurle. Je sais pas trop, j'arrive pas à tout comprendre.

— Tu vas m'aider, annonce Berthe. Va chercher de l'eau chaude. Dis rien à ton père, mieux vaut ne pas l'affoler.

— D'accord.

Le loup avance ventre à terre. Son cœur bat la chamade. Ses pas sont empêchés par le foin sec qui n'a pas été coupé. Il voit une lumière qui vacille sur l'horizon, à la hauteur des herbes. Partout, ses narines découvrent l'odeur des hommes qui l'encerclent. Ce soir, le sang coulera. S'il ne veut pas que ce soit le sien, il lui faudra se battre. Il jette la tête en arrière et hurle à la lune qu'il saura se défendre.

Lorenzo attend dans la cuisine. Il n'assiste jamais aux naissances de ses enfants. Voir sa femme souffrir le rend agressif. De toute façon, il n'a pas sa place dans la chambre d'accouchement. Un homme n'a rien à faire là ; voilà comment il a été élevé, voilà comment il pense. Assis à table, il boit du thé en songeant qu'il ferait mieux d'aller rejoindre les hommes à la chasse au loup plutôt que d'attendre, impuissant, le déroulement de la soirée.

— Vous avez l'air songeur, dit Olivine en entrant dans la cuisine.

— Je me sens comme une bête en cage, lui répond son père.

— Allez prendre l'air, lui suggère-t-elle.

— Comment va ta mère ?

— Un accouchement reste un accouchement, ce n'est jamais facile.

— Le travail est commencé ?

— Oui. Madame Labonté m'envoie chercher de l'eau bouillante.

Lorenzo n'aime pas savoir sa femme en labeur. Elle ne devrait pas accoucher si tôt. Pourquoi maintenant ? Pourquoi ce soir, particulièrement ?

— Je vais aller la voir, dit Lorenzo hésitant.

— Je ne crois pas que ce soit une bonne idée, papa, lui répond Olivine. Madame Labonté s'en occupe. Je vais lui donner un coup de main. Pourquoi n'allez-vous pas rejoindre les hommes, ça vous changerait les idées ?

Lorenzo regarde sa fille. Olivine vieillit.

— Je vais chercher mon fusil. Je prends le fanal. Si Rose-Délima a besoin de moi, fais-moi prévenir.

— J'enverrai Antonio à votre rencontre.

L'homme part soulagé de ne plus avoir à regarder les minutes s'égrener. Olivine fait chauffer l'eau demandée par la sage-femme.

La nuit englobe Rose-Délima. Elle ne voit rien d'autre que le contour des ombres qui s'étendent devant elle. Le chien aboie plus fort. Il hurle. Elle s'approche. Mais où se trouve l'animal ? L'urgence d'avancer la tient en haleine. Ses yeux découvrent au loin un point lumineux. Une étoile vacille, danse au-dessus des herbes, l'appelle à elle. Le vent soulève les mèches de cheveux qui s'échappent de sa natte.

Son corps s'engage vers la lumière. Le terrain se fait plus ardu. Elle s'empêtre dans les herbes qui poussent haut et qui ne sont pas encore fauchées. Elle bute sur la terre qui se dresse en sillons, trébuche, mais ne tombe pas. Rose-Délima continue sa marche tandis que les larmes lavent son visage. Le chien se tait.

*
**

Le filet se resserre autour de la bête. Une rangée d'hommes descend la pente qui conduit de la rue principale à la rivière, alors que ceux déjà sur place referment l'accès menant au village. L'animal est gros, mais il arrive encore à échapper à ses poursuivants. Il n'y a pas de doute, c'est bel et bien un loup. Il se fait reconnaître à son hurlement. Sa plainte fait dresser le poil sur le corps des hommes. En réponse, une détonation explose dans le noir. Le maire s'énerve.

— Qui a tiré ? demande-t-il à la ronde.

Plus calme, Rosaire Marquis lève la tête en direction du tir.

— Il me semble, répond Rosaire, que le coup venait du secteur couvert par les Morissette.

— Faudrait pas faire fuir l'animal, dit le maire irrité. Il nous le faut mort à soir.

— On va ramener le cadavre de cette sale bête cette nuit ou mon nom n'est pas Rosaire Marquis.

Les pas s'accélèrent, la bête se rapproche. La nuit ne fait que commencer.

*
**

— Olivine, mets la bassine sur la table de nuit et viens m'aider. Il faut tenir les jambes de ta mère. Il faut que je voie où elle en est dans le travail.

Les deux femmes installent Rose-Délima de façon à positionner ses jambes pour l'accouchement. Lourde d'inconscience, elle n'offre aucune résistance, aucune aide. Berthe constate que le col est totalement dilaté : bientôt la tête de l'enfant devrait sortir.

— Elle a perdu ses eaux, réalise Berthe.

Une nouvelle contraction déclenche des gémissements.

— Il faut la ramener à la conscience. Elle doit pousser, le petit est prêt à sortir, on voit le bout de sa tête.

Berthe prend un flacon dans son sac et le passe sous le nez de Rose-Délima. Elle cligne des yeux.

— Maman, parlez-moi, supplie Olivine.

Olivine serre la main de sa mère. Sous la femme, le sang se met à couler.

*
**

Le cœur du loup bat à tout rompre. Sa hanche élance. Il sent l'odeur du sang, de son sang. L'explosion qu'il a entendue a pénétré sa chair. Tapi dans un bosquet, le loup voit les feux de la nuit s'avancer vers son refuge. Il sait qu'il ne pourra s'évader. Les griffes plantées dans la sècheresse du sol, il attend son assaillant, prêt à bondir, la peur au ventre.

*
**

— Pourquoi fait-il si noir ? demande Rose-Délima à demi consciente. Pourquoi le chien a-t-il cessé d'aboyer ?

— Le chien, répète Olivine. Quel chien ?

— Celui qui hurlait, répond sa mère. J'ai beau chercher, je le trouve pas.

La fille regarde sa mère, puis Berthe qui s'active à son chevet. Elle panique, ne sait plus quoi faire.

— Continue de la faire parler, lui ordonne Berthe, faut pas qu'elle perde connaissance. Elle doit s'aider à accoucher.

— Je lui parle de quoi ?

— Parle-lui du chien.

Olivine passe sa main dans les cheveux de Rose-Délima, comme elle l'a souvent vue faire pour ses frères et sœurs. Elle veut calmer sa mère et se donner de la contenance.

— Le chien ? Où est le chien ? redemande Rose-Délima.

— Pourquoi vous le cherchez ? questionne sa fille.

— Il m'a appelée. Il m'a conduite ici. Je le vois pas. Il aboie plus.

— Calmez-vous, suggère Olivine d'une voix douce. Vous voyez rien qui puisse vous aider ?

— Il y a une lumière, répond Rose-Délima un peu apaisée. Là-bas, elle brille. Il faut que je le trouve. Il le faut ! Mais c'est si pénible.

— Prenez votre temps, avancez vers la lumière.

— Je suis tellement fatiguée. Je veux m'asseoir.

Rose-Délima ferme les yeux, sombre lentement dans la noirceur qui l'entoure. Le sang afflue à chaque battement de cœur. Une contraction pointe en haut de son abdomen énorme et lancinant.

— Il faut qu'elle pousse. Elle perd du sang, c'est pas bon. Soulève-la ! ordonne Berthe.

Olivine prend sa mère à bras le corps.

— Elle est trop lourde !

— Assieds-toi derrière elle pour l'aider à pousser.

La jeune femme obéit. Placée derrière Rose-Délima à demi consciente, Olivine la soutient pour aider le travail, pour faire naître la vie. Berthe, à ses pieds, continue de lui écarter les jambes afin de faciliter le passage de l'enfant.

— C'est bon, Rose-Délima pousse plus fort, tu es capable, dit Berthe.

Dirigé par le souvenir des autres naissances, le corps de Rose-Délima reproduit les gestes qu'il a exécutés nombre de fois auparavant.

— Tu peux te reposer, Olivine. Tu peux la recoucher, la contraction est finie. Arrête pas de lui parler surtout. Elle doit garder le contact avec nous.

Mère et fille enlacées s'allongent sur le lit. Le cœur de Rose-Délima s'accélère, augmentant ainsi le flot de sang qui s'enfuit d'elle.

— J'entends des bruits. Tu entends? demande-t-elle à Olivine.

— Quels bruits?

— Des couinements. Non, des pleurs. J'ai peur.

Le loup gémit, il a mal. Tout son corps le fait souffrir. Il a l'impression qu'un million d'épines lui transpercent la hanche et se plantent dans ses os. Le sang s'écoule de sa plaie à chaque pulsation de son cœur. Il ne peut empêcher la panique de le gagner et ses battements de partir en cavale.

– Calme-toi, Rose-Délima, y a pas de danger, lui dit Berthe. Mais la femme ne se calme pas. L'angoisse l'oppresse de plus en plus. Elle s'agite dans les bras d'Olivine.

– J'ai peur, lui répond Rose-Délima.

– Revenez avec nous. Revenez chez nous, suggère sa fille.

– Je peux pas. Je dois avancer. J'ai pas le choix, pleure Rose-Délima. C'est comme ça. Il faut que j'y aille.

Une nouvelle contraction s'annonce. Un frisson de douleur parcourt le corps de Rose-Délima. Elle hurle.

– Je suis là, avec vous, lui répond Olivine. Écoutez ma voix, faites-moi confiance. Maintenant, il faut pousser. Poussez!

Le sang s'écoule avec plus d'intensité.

– Arrête, Olivine, ta mère se vide de son sang. La tête avance pas. Je pense que le bébé se présente avec l'épaule. Je vais devoir utiliser les forceps.

– Il faut prévenir papa.

La petite voix d'Antonio surprend les femmes qui ne l'ont pas entendu ouvrir la porte.

– Antonio, sors d'ici, lui ordonne sa sœur. Va te coucher.

– Mais, Olivine, répond Antonio, il faut avertir papa.

Olivine sait que l'état de sa mère se détériore, elle la sent s'alourdir sur elle, ses muscles relâchent leur tension.

– D'accord, habille-toi. Papa est à la chasse au loup. Dis-lui que le bébé arrive.

Le garçon, conscient de l'importance de la tâche confiée, quitte la chambre en courant.

*
**

On cerne le loup. Les habitants se déploient en éventail, se servant de la rivière comme barrière naturelle. Il y a de la rage dans l'air, de la colère également. Ces hommes lui en veulent pour les enfants morts, pour la sécheresse, pour la difficulté de vivre de la terre jour après jour, année après année. Ce loup leur sert de prétexte, de bouc émissaire, et canalise la frustration qui les habite. L'animal se cache dans un bocage, terrorisé par l'odeur de meurtre qui l'encercle. Il sent que sa survie dépend de son immobilité.

— On fait quoi ? demande Rosaire.

— On attend que l'animal décampe, suggère Pierre-Eusèbe. On le brusque pas, il pourrait être malin.

— Moi je dis qu'il faut aller le chercher, lâche Aurel. Il est intelligent, il sortira pas.

— Monsieur Labonté, lui répond Pierre-Eusèbe, si vous permettez, attendons encore un peu que tout le monde soit en place.

— Si vous pensez que c'est mieux, je me soumets à votre volonté, monsieur le maire.

Le cliquetis des armes que les hommes chargent averti le loup que sa fin approche.

Berthe remue son grabat. Les outils s'entrechoquent dans un bruit métallique. Soudain, elle se retourne, une énorme paire de pinces à la main avec, aux extrémités, deux espèces de spatules.

— Faut-y absolument se servir des forceps ? demande Olivine, angoissée à l'idée d'utiliser ces instruments qui, pour elle, signifient presque la torture.

— La tête est coincée, répond Berthe. L'enfant progresse plus. Ta mère perd trop de sang pour qu'on puisse laisser la nature suivre son cours.

— Maintenant ?

– On va attendre la prochaine contraction. Une fois le bébé extirpé, le saignement devrait cesser. Continue de faire parler ta mère.

Rose-Délima gémit. La voix de sa fille la maintient en contact avec la réalité, mais le lien est ténu et peut rompre à tout moment. Elle n'a pas conscience de son état.

– Maman, êtes-vous toujours là ?

Rose-Délima laisse échapper un murmure incompréhensible.

– Maman, parlez-moi, la conjure Olivine. Voyez-vous toujours la lumière ?

– Il y a un mur... répond sa mère avec effort. Derrière des bruits... J'ai mal.

Berthe s'approche avec les forceps. Elle a pris soin de les rincer dans l'eau bouillante. Olivine ne peut retenir un frisson. D'habitude, quand on entend parler d'une naissance avec cet instrument, la mère ou l'enfant, sinon les deux, vont mourir. Et puis, normalement, seulement les médecins les emploient. Comment Berthe est-elle parvenue à en posséder ? La jeune femme se questionne, mais garde ses doutes pour elle.

Profitant de l'intervalle entre deux contractions, la sage-femme installe les forceps. Le plus rapidement possible et avec l'agilité que lui confère l'expérience, Berthe fait pénétrer dans le ventre de la mère la première section de l'instrument, puis la seconde. Elle referme les mandibules l'une sur l'autre.

– Je crois qu'une nouvelle contraction s'en vient, dit-elle à Olivine.

– Maman, petite maman, tenez bon, tout va s'arranger.

– Olivine, demande Berthe, redresse ta mère. Tu dois pas la laisser retomber avant que je te le dise. Te sens-tu capable de le faire ?

– Oui.

— Prépare-toi, la contraction commence. Attends un peu. Oui. Vas-y !

Olivine, à l'aide de son corps, soulève sa mère. Le poids de Rose-Délima use les forces de la jeune fille. Chacun de ses muscles est mis à contribution, ses membres tremblent sous l'effort.

— Je vais lâcher ! laisse échapper Olivine entre ses dents serrées.

— Encore un peu, presse Berthe, la tête s'en vient.

— J'en peux plus !

— C'est bon, repose-toi.

Olivine a à peine le temps de souffler qu'une autre contraction débute. Rose-Délima gémit de plus en plus fort. Sa plainte se transforme en cri.

— Allez, un petit effort. Rose-Délima, pousse ! enjoint Berthe à la femme presque évanouie.

— Poussez, maman, poussez, crie Olivine.

— La tête est sortie, annonce Berthe.

Les hommes sont là, devant. Il voit les ombres formées par la lumière portée. Le loup ne peut retenir un grondement face au mur humain qui lui barre la route. Il n'y a plus rien à faire sinon attendre ou attaquer. Terrorisé, il redresse les babines et montre les crocs.

Mère et fille sont unies dans la souffrance, dans l'effort. Leurs corps moites enlacés ne forment qu'une seule masse.

– Allez, on s'y remet une dernière fois. On pousse encore.

Le ventre travaille à extraire l'enfant coincé en lui. Sous la force de la poussée, le bébé finit par sortir de sa mère : un enfant bleu-mauve, collant de liquide et de sang, avec la tête couverte d'un duvet noir.

– C'est un garçon, informe Berthe.

– Maman, vous avez entendu, c'est un garçon comme vous le disiez. Maman ?

Rose-Délima a perdu connaissance.

Aurel est impatient. Il sue à grosses gouttes.

– Faut aller le chercher, dit Rosaire. Il ne sortira pas.

– Qui envoyer ? demande Pierre-Eusèbe.

– Je vais y aller, moi, annonce Aurel. J'ai pas peur de lui.

– Très bien, Aurel, lui répond Pierre-Eusèbe, soulagé. Nous sommes derrière vous.

Aurel avance dans la nuit. Il laisse son fanal derrière. Il marche lentement afin de permettre à ses yeux de s'habituer à la noirceur environnante. À sa gauche, des grognements révèlent la présence de la bête. Aurel s'immobilise vis-à-vis de son adversaire. L'espace d'un instant, il y a un homme et un loup. Une confrontation silencieuse laissera l'un des deux soit blessé, soit mort. Ils se regardent avec la hargne de deux ennemis.

Le loup fonce. Aurel tire.

Antonio sursaute. Il cherche son père parmi les individus réunis. Leur air patibulaire impressionne le jeune garçon, si bien qu'il n'ose déranger le groupe pour demander si on aurait vu Lorenzo. Un homme qu'il ne connaît pas l'apostrophe.

— Que fais-tu ici, petit ? Retourne te coucher, ta place est dans ton lit.

— Je cherche mon père, Lorenzo Tanguay.

— Hé ! Lorenzo, ton fils est ici. Il te cherche.

À ces mots, une ombre se détache et s'approche de l'enfant. Une lanterne à la main, Lorenzo dévoile ses traits tirés par l'énervement. Il entoure le cou de son fils et quitte le groupe en silence.

— Ça va, Lorenzo ? lui demande l'homme qui l'a appelé.

— Ma femme accouche.

*
**

La porte se referme sur Olivine qui amène le nouveau-né.

— Rose-Délima, reviens parmi nous, lui demande Berthe doucement.

— Je peux pas.

— Alors, il te faut avancer. Raconte-moi tout ce que tu vois, ça va te donner du courage, la rassure Berthe.

— Il y a un mur, grand, sombre... balbutie Rose-Délima. Il me cache la lumière. Une lumière bleutée. On dirait la lune.

La douleur lui coupe la parole. La sage-femme tente de calmer le mal qui la ronge. Elle lui administre un breuvage qui apaise les souffrances : une recette de sa grand-mère qui était un peu sorcière. Le corps s'affaisse, se détend.

— Continue Rose-Délima, lui dit Berthe, raconte-moi.

— Je vois... Je vois... Oh mon Dieu, non, non !

Elle crie et se débat.

— Que vois-tu? redemande Berthe d'une voix obligeante.

— Je vois des enfants, presque des bébés, répond Rose-Délima en un murmure. Ils sont tout petits, là, à mes pieds. Ils bougent pas, leurs visages me font peur.

Rose-Délima se tait et sanglote doucement.

— Pourquoi ils te font peur? la questionne Berthe.

— On dirait des masques de cire, des poupées, mais elles sont terrifiantes. Elles ont des sourires démoniaques. Leurs... leurs corps sont tordus, leurs... leurs ventres sont ouverts. Je crois... Je crois que... Oh mon Dieu, ces enfants sont morts!

Rose-Délima se met à pleurer.

— Rose-Délima, comment sont morts ces enfants?

— Je sais pas. On dirait que quelqu'un est assis dans l'ombre. Je vois ses pieds nus. Une femme.

— Quelle femme? demande Berthe.

— Moi! répond terrifiée Rose-Délima. Je suis là par terre et là debout, devant moi.

— Que fais-tu?

— Je sais pas. Je vois pas bien. Il faut que je m'approche de moi... Je suis assise. Un enfant est couché sur mes genoux... Mon corps est barbouillé de sang. J'ai le menton dégoulinant... Mes mains fouillent dans le petit corps béant qui est sur mes cuisses. Elles sont frénétiques... Celle de moi qui est là soulève les intestins. Je peux pas m'arrêter. Il est trop tard. Qu'est-ce que j'ai fait? Qu'est-ce que j'ai fait?

— Tu as rien fait, Rose-Délima. C'est pas toi, crie Berthe. Pas toi. Écoute-moi, reviens avec moi maintenant. Rose-Délima, c'est pas toi. Crois-moi.

Rose-Délima n'entend plus. Elle se met à pleurer. Elle pousse des petits cris et puis se tait. Ce silence bouleverse Berthe bien plus que toutes les larmes, que toutes les plaintes qu'elle n'ait jamais entendues.

— Rose-Délima, parle-moi.

– Je suis un monstre. Celle de moi là-bas prend le foie, le porte à sa bouche. MA BOUCHE. Je le mastique lentement. Je suis un monstre. Seigneur, pardonnez-moi, j'ai tué ces enfants, mais je le voulais pas, je voulais pas.

Le loup hurle à la lune. Mille particules le pénètrent alors qu'il quitte le sol pour attaquer l'homme qui s'approche de son refuge. La violence de l'impact le jette à terre. Son corps brisé respire encore. Le loup se meurt.

Le maire attend que le bruit de la détonation s'estompe pour s'approcher d'Aurel. L'homme est debout, le fusil toujours pointé devant lui. À ses pieds, le loup gît, toujours vivant, le ventre criblé de plombs.

– Ça va ? demande Pierre-Eusèbe au héros du jour.

– Oui, répond Aurel un peu ébranlé, y a pas de mal.

– Bravo, Aurel, vous l'avez eu !

Rosaire Marquis s'approche pour tirer la bête dans la tête et ainsi mettre un terme à ses souffrances.

Dans la cuisine, Olivine tient un paquet de chiffons dans ses bras. Elle a les cheveux défaits, les traits tirés, mais est souriante ; ce sourire que son père remarque en premier.

— Olivine, tout va bien ? demande Lorenzo en entrant dans la cuisine.

— Papa, lui répond sa fille, vous arrivez juste à temps pour saluer votre fils.

— J'ai un fils ?

— Oui, un beau petit bonhomme vigoureux. Il est un peu chétif, mais madame Labonté l'a trouvé en parfaite santé.

— Montre-le-moi !

Lorenzo s'approche de sa fille et contemple le nouveau-né un instant.

— Vous allez l'appeler comment ? demande Olivine, curieuse.

— Quel jour sommes-nous ? répond Lorenzo un peu troublé par tous les événements de la nuit.

— Le vingt-et-un, je crois.

— La fête de Saint-Victor. Il s'appellera Victor.

— Victor victorieux, répète Olivine. Le nom est tout désigné pour ce petit combattant.

— Je vais aller voir ta mère.

— Papa, maman… balbutie la fille à son père.

— Quoi, ta mère ?

Lorenzo ouvre alors les yeux sur sa robe couverte de sueur et de sang. La fierté d'Olivine lui a caché un instant la violence de la nuit qui apparaît sur son corps et ses vêtements. Du haut lui parvient un hurlement qui le fait frémir. Sans attendre de réponse, il monte quatre à quatre les marches qui mènent à la chambre.

Rose-Délima se lamente. Elle a perdu le sens de la réalité. Elle ne sait pas qu'elle a accouché d'un garçon. Malgré l'habileté de Berthe et les soins qu'elle lui prodigue, le saignement ne cesse. Lorenzo ouvre grand la porte.

— Comment va ma femme ? demande-t-il à Berthe en un souffle.

— Elle a eu un accouchement difficile, déclare Berthe, elle-même ayant les traits tirés. Elle a encore de la fièvre et perd toujours du sang, il lui faut un médecin.

Lorenzo jette un œil sur sa femme allongée.

— Je vais aller chercher le docteur, dit-il le ton neutre.

— Dépêche-toi de revenir, lui répond Berthe.

Berthe referme la porte sur le bedeau. Rose-Délima geint.

***

Les balles entrées dans son corps se dispersent dans l'abdomen. Le loup gît sur le côté. Un couinement de douleur sort de sa gueule béante. L'élancement est tel que sa conscience s'amenuise. Des pas s'approchent de lui, il tente de se relever pour faire face, mais il ne peut plus que gémir.

***

Aurel regarde Rosaire Marquis tirer le loup dans la tête.

— Que voulez-vous faire avec le cadavre ? lui demande-t-il.

— Je sais pas, répond ce dernier. Va falloir s'en défaire, pour sûr.

— Je vous suggère de l'amener en ville, propose Aurel. Comme ça, on pourra s'assurer d'avoir trouvé le véritable coupable. J'imagine que les docteurs là-bas pourront le confirmer.

— C'est pas une mauvaise idée, répond Pierre-Eusèbe en y réfléchissant. Ça vous dérange pas de vous en occuper ?

— Non, non, dit Aurel. J'en profiterai pour m'occuper d'affaires que j'avais reportées à plus tard. Il est grand temps que j'aille en ville. Est-ce qu'on peut m'aider à mettre l'animal dans mon automobile ?

— Pas de problème, répond Rosaire en se penchant pour saisir la carcasse.

Le maire, aidé des deux hommes, s'empare du corps de la bête pour le déposer dans la voiture, puis s'éloigne dans la nuit.

∗
∗∗

Une fois Lorenzo sorti, Berthe s'approche de Rose-Délima et la prend par les épaules.

— Rose-Délima, calme-toi. Tu es pas coupable.

La femme hurle l'horreur et le mal qui hantent son esprit. Elle hurle sa vie qui se nourrit de celle des autres. Elle hurle jusqu'à en perdre le souffle, jusqu'à disparaître. Peu de temps après, Lorenzo revient avec le médecin du village pour voir sa femme baigner dans le sang, inconsciente.

Toute la nuit, Rose-Délima, assistée du médecin et de Berthe, se bat avec ses démons. Elle ne dit plus un mot, elle ne peut que geindre sous les soins apportés à son corps. Malgré les efforts réunis des soignants, l'hémorragie ne cesse. Tranquillement, le corps de la femme se vide, sous le regard terrorisé de son mari.

Lorenzo lui tient la main sans relâche, lui parlant à voix basse. Il lui raconte la beauté de leur fils, Victor, et la chasse au loup qui s'est terminée par la mort de l'animal. Il la supplie autant comme autant de se battre, de ne pas baisser les bras, pour elle, pour lui, mais surtout pour leurs enfants qui ont besoin de leur mère. Il lui flatte le front et les cheveux pour l'encourager à rester vivante. Il refuse de la laisser aller, même quand le médecin lui dit qu'il ne sert à rien de s'entêter ; même quand Berthe lui annonce qu'il est trop tard pour l'espoir et que Rose-Délima n'en a plus que pour quelques heures.

Le jour n'est pas encore levé, Lorenzo lui tient toujours la main, que Rose-Délima meurt, au matin du 22 juillet 1935.

CINQUIÈME PARTIE
UNE DERNIÈRE FOIS

Je veux tuer.

Tous ces gens, je veux les contrôler. Vous ne pouvez pas les contrôler sans les tuer.

Je les déteste.

TOUS.

CHAPITRE XI

Le soleil touche à peine l'horizon qu'Aurel s'installe derrière le volant de sa McLaughlin-Buick. À l'arrière, le cadavre d'un loup. Avant de quitter le village pour Québec, il décide d'aller rendre une visite au curé, une dernière fois.

Damase est étendu dans le lit. Blanche lui apporte de la nourriture, mais il ne peut plus manger. La boule dans son œsophage entrave le passage de toutes les substances. Même sa salive s'y glisse difficilement. Il n'a presque plus de souffle et tousse à chaque respiration.

— Monsieur le curé, annonce Blanche doucement, il y a monsieur Labonté qui veut vous voir. Est-ce que je le fais entrer?

Le curé regarde son horloge. Cinq heures du matin. La situation doit être urgente pour que cet homme se présente à son chevet si tôt.

— Oui, il peut entrer.

Suffisant, Aurel pénètre dans la pièce, le port haut.

— Vous m'excuserez de ne pas me lever, murmure Damase.

— Ça va, restez couché.

Le jeune homme approche un siège du lit et s'assoit sans enlever son chapeau.

— Vous devez vous demander ce qui m'amène ici à cette heure, dit-il.

Les yeux de Damase brillent. Le ton du jeune homme le fait frissonner. Au fond de lui, il craint le pire.

— Je suis venu me confesser.

Aurel se penche au-dessus du vieil homme, menaçant.

— Vous m'avez jamais beaucoup aimé, je me trompe ? Je sens, dans chacun de vos regards, votre attitude hautaine, comme si vous vous adressiez encore au garçon en guenilles que j'étais avant, sans voir ce que je suis devenu. J'ai pas su gagner votre confiance. Tous les autres villageois se sont couchés devant moi à mon retour des États. Ou plutôt, ils se sont couchés devant mon argent. L'argent, ça mène le monde. Tout le monde, sauf vous ! Peut-être êtes-vous plus intelligent que vous en avez l'air, après tout.

Damase ne relève pas l'affront. Il sait qu'Aurel cherche la confrontation, aussi préfère-t-il garder le silence et le laisser vider son sac. De toute façon, l'haleine du jeune homme laisse deviner qu'il a bu plus qu'il ne faudrait. Et puis, le curé n'a pas la force de s'opposer.

— Si vous saviez le plaisir que j'ai eu à vous mettre des bâtons dans les roues ! lance Aurel au visage du curé. Vous auriez dû voir votre colère quand vous êtes venu bénir la tombe de la petite Fournier. Vous étiez ridicule.

Aurel rit de sa belle voix, emplissant la pièce de son effronterie.

— Mais je suis pas venu tourner le fer dans la plaie. Vous savez qu'une chasse au loup a été entreprise hier soir. L'animal a été tué. Je vous annonce qu'y aura plus de morts. Êtes-vous content ?

— Oui, répond Damase, curieux de ce que trame Aurel.

— J'emporte la dépouille de la bête à Québec et je reviendrai plus.

Damase, confus, ne sait pas ce qu'il doit retenir de ces propos.

— Vous avez pas l'air d'avoir bien compris. Peut-être que je suis pas très clair. JE M'EN VAIS.

— Voulez-vous dire... avance prudemment Damase.

— On peut dire que vous comprenez vite quand on répète souvent... répond ironiquement Aurel.

Le curé se redresse dans son lit, paniqué. Il réalise l'ampleur de la situation, mais n'arrive pas à cerner l'homme qui se tient devant lui.

— Pourquoi avez-vous tué ces enfants ?

— J'y ai pas vraiment réfléchi.

— Pourquoi ? redemande le curé.

— Peut-être que j'ai aucune raison. Peut-être que j'ai agi gratuitement. Peut-être parce que c'était facile.

Aurel s'approche du visage de Damase. Il lui murmure tendrement à l'oreille.

— Pas un seul des enfants n'a crié.

— Mais c'étaient des enfants, marmonne Damase, à bout de souffle, cassé par la violence de la révélation. Des innocents.

— Je les déteste. Je hais ces petits morveux, ces fils à papa qui ont toujours tout ce qu'ils veulent. Vous pouvez pas comprendre.

La voix d'Aurel tressaille. Il se maîtrise pour contenir sa voix et ne pas crier. Il ne veut pas alerter Blanche.

— Comprendre quoi ?

Aurel se lève brusquement, bousculant sa chaise. Il s'avance vers la porte, le pas lourd de l'alcool bu, pesant de l'horreur mise à jour. Damase tente de le retenir et lui redemande :

— Comprendre quoi ?

— Le vide, répond Aurel. Le trou en moi que je peux pas combler et que ces enfants remplissent. Je les ai là, ici, dit-il en pointant son estomac. Ils vivent avec moi. Une partie d'eux se trouve tout au fond de mes entrailles. Je les protège d'une vie de malheur, d'une vie de rejet et de solitude. Quelque part, j'ai posé un acte d'amour.

— Mon Dieu, vous êtes fou !

— Non. Je suis peut-être mauvais, mais je suis pas fou. Et puis...

Le curé attend. Pris entre la crainte et la curiosité, il n'ose plus bouger. Il voit devant lui un homme seul, enlisé dans une rage insondable, qui tourne sa haine autant vers lui que vers le reste du monde.

— Et puis, ils devaient savoir qui est le maître, affirme Aurel.

— Vous, le maître ? Vous n'avez même plus le contrôle sur vous-même, comment voulez-vous...

— Pourtant, ils ont choisi MA terre plutôt que la vôtre, ils ont chassé le loup que J'AI tué. On ME suit.

— En êtes-vous bien certain ? dit le curé, cherchant à piquer Aurel. La chasse au loup a été entreprise sous l'influence du maire, il me semble.

— C'est pas avec un maire comme vous avez ici que le village saura évoluer. On va nulle part sans direction.

— Vous êtes un monstre, lui répond Damase, incapable de se retenir davantage.

— Si je suis un monstre, dit Aurel, alors vous avez participé à ma monstruosité par votre silence. Tout le monde se doute que le loup est pas le coupable, mais ils veulent pas admettre qu'un meurtrier vit au village, qu'un meurtrier les côtoie. Personne n'a de courage ici, c'est sans espoir. *Life is empty and meaningless*, comme je l'ai appris aux États. J'ai rendu service à ces enfants.

— Vous êtes...

Damase ne trouve pas les mots pour qualifier le sentiment qu'Aurel provoque en lui. Il cherche. Une quinte de toux, qui monte avec le souvenir de tant de souffrance, explose dans sa bouche. Il s'étouffe, peine à respirer.

– Monsieur le curé, calmez-vous, je voudrais pas avoir votre mort sur la conscience, lui lance Aurel, narquois.

– Vous avez une conscience ?

– Non, effectivement. Je me sens coupable de rien, je plains ceux qui se sentent coupables.

– Vous ne vous en tirerez pas aussi facilement, prévient Damase.

– Vous êtes lié par votre serment, l'avertit Aurel. Ce que vous venez d'entendre était une confession. Vous pouvez pas l'utiliser contre moi.

– Les gens ne croiront pas à cette histoire de loup.

– Ils y croient déjà. Le cadavre de la bête est dans ma voiture. Les morts arrêteront avec sa disparition. Pourquoi en douteraient-ils ? Non, vraiment, votre naïveté me touche.

Aurel revient au chevet du curé.

– Pourquoi me dire tout ça ? articule avec peine Damase. Pourquoi maintenant ? Pourquoi ne pas juste partir et me laisser tranquille ?

– Pour vous lier à moi. Maintenant, vous êtes prisonnier de mon secret : prisonnier et complice. Ces morts, vous aussi vous vouliez en tirer profit. Y a pas que moi qui suis un monstre.

– Non, vous n'avez pas le droit ! tente de crier Damase.

L'homme approche de nouveau son visage près de celui du malade, l'air vicieux.

– J'ai tous les droits, susurre Aurel au visage du curé, même sur vous. Je me donne pas la peine de mettre fin à vos jours, car vous mourrez sous peu. Vous êtes en sursis. Vous n'êtes plus que l'ombre de vous-même. Je préfère vous savoir prisonnier de mon secret.

Aurel se lève, méprisant.

— Le jour se lève, je dois partir. Ce fut une belle discussion, dommage qu'on puisse pas remettre ça. Allez, prenez bien soin de vous. Oubliez pas que ni vous ni moi ne savons ce qui nous attend, y a que Lui qui connaisse la suite du chemin. Prenez pas trop de temps pour arriver à la fin...

Sans laisser le temps à Damase de répondre, Aurel quitte la chambre. Damase regarde l'homme sortir de la pièce. Il réalise alors à quel point son désir de cimetière a servi Aurel, à quel point il est responsable de la mort de ces enfants. Son souffle s'arrête. Il s'étouffe, tousse, cherche l'air tandis que son esprit panique : lui aussi, comme Aurel, est une créature monstrueuse.

À l'extérieur, sur le palier, Blanche attend, un sac à la main.

— Vous partez? Vous allez à Québec? demande-t-elle, nerveuse.

Aurel s'approche de la jeune femme.

— Comment tu sais ça?

Blanche se tait. Aurel l'agrippe par le chignon.

— Tu nous as écoutés. Tu as entendu quoi? Parle!

— Je sais que vous allez à Québec. Le loup a été tué. Y aura plus de morts.

— Quoi d'autre?

— Rien.

Aurel scrute le regard de Blanche. Elle le soutient sans baisser les yeux. Il desserre sa poigne.

— Ta mère t'a jamais dit que c'est pas beau de mentir?

— Je mens pas, je sais rien d'autre.

Blanche hésite. Elle se décide et dit d'un souffle, sans regarder Aurel :

— Amenez-moi avec vous à Québec.

— Tu veux venir avec moi ? répète Aurel, surpris.

— Ma mère veut me marier avec un bon à rien, poursuit Blanche d'un trait. Je suis pas à ma place dans ce village. Je veux être libre. Amenez-moi.

— Tu vas faire quoi en ville ?

— Travailler, gagner de l'argent, mon argent. Vivre.

— Et pourquoi je t'y amènerais ? questionne Aurel.

— Pour être tranquille.

La fougue de cette femme méduse Aurel. Son audace lui plaît et sa beauté ne le laisse pas insensible. Il sourit. Elle lui rend son sourire. Et si elle savait ?

— Il faudra me payer, annonce Aurel.

— J'ai des économies, l'argent que j'ai amassé à travailler ici. J'ai presque cent piastres.

— C'est beaucoup pour une jeune fille.

— Je suis une femme, soutient Blanche.

Aurel la détaille, s'attarde sur ses seins, ses hanches : une vraie jolie fille, cette Blanche. Elle rougit, mais garde la tête haute.

— J'avais remarqué. Ça va te coûter vingt dollars.

— Vingt dollars, c'est beaucoup d'argent !

— Tu préférerais un mariage avec Odilon Audet, peut-être ?

Entendre le nom d'Odilon sortir de la bouche d'Aurel fait frémir Blanche. L'idée de finir ses jours aux côtés de cet homme lui glace le sang. Malgré son angoisse de partir seule avec Aurel, de quitter sa famille et ses amies, elle accepte.

— C'est d'accord pour vingt dollars.

— Bon, allez, suis-moi.

Côte à côte, ils quittent le presbytère et s'assoient dans la voiture stationnée au-dehors. Blanche retient son cri de dégoût en apercevant le cadavre du loup sur la banquette arrière. Elle prend place dans le siège du passager, le cœur battant et les mains moites, énervée de rouler en machine, paniquée à l'idée de s'en aller pour de bon. Aurel démarre le moteur et lance :

— Et c'est parti !

Ils roulent dans la nuit qui se termine. Pour la première fois depuis le début de l'été, le ciel se couvre. Une goutte vient aboutir sur le pare-brise de la voiture. Il pleut.

ÉPILOGUE

On retrouva le curé Couture le lendemain, délirant et nauséabond, avec de la bave coulant à son menton. Ses draps étaient tachés d'excréments. Il mourut des suites de sa maladie une semaine après le départ d'Aurel. Personne ne sut jamais le secret de la dernière confession qu'on lui fit. Il fut enterré non loin de Rose-Délima, sur le terrain qu'il avait choisi pour le cimetière. Outre la famille Tanguay – par solidarité pour le vieil homme – et Damase Couture, personne d'autre ne fut mis en terre à cet endroit. Jamais les tombes ne se trouvèrent inondées comme le voulait la rumeur qui avait soulevé l'ire des villageois en cet été 1935.

Aurel ne revint jamais ni ne donna de nouvelles. Après avoir vagabondé plusieurs années sans réussir à s'installer pour fonder une famille ou entreprendre une carrière, il finit par s'enrôler dans l'armée. La colère et la violence qui l'habitaient purent trouver un exutoire sur les champs de bataille. Il périt après qu'un obus eut explosé non loin de lui. Des éclats se logèrent dans son ventre et transpercèrent son foie, le laissant vivre assez longtemps pour endurer une souffrance sans nom. Une équipe le retrouva, à l'aube le lendemain, râlant et toujours vivant malgré ses blessures. Les médecins ne purent le sauver. Ils ne réussirent pas, non plus, à apaiser son agonie par des calmants ou d'autres drogues, leur pharmacie étant vide. Le corps d'Aurel repose, anonyme, dans un petit village français où une simple croix blanche marque son emplacement.

Berthe, en octobre 1942, reçut un télégramme des Fusiliers Mont-Royal lui annonçant que son fils avait trouvé la mort sur la plage de Dieppe lors du débarquement, le 19 août de la même année. Elle soupçonna toujours Aurel d'être responsable des meurtres qui avaient marqué Sainte-Clarisse, mais elle refusa de se l'avouer. Le décès de son fils apporta la paix à son âme.

Quant à Blanche Tanguay, elle fut la dernière disparition recensée de ce fameux été. Son absence attrista son père, déjà atterré par la mort de sa femme et celle du curé Couture. Pourtant, son inquiétude n'apparut que plus tard, quand le silence de sa fille se prolongea au-delà d'un délai raisonnable. On reçut une lettre de la jeune femme informant sa famille qu'elle avait quitté Sainte-Clarisse pour la grande ville afin d'y mener sa vie à sa convenance. Elle refusait le mariage forcé avec Odilon Audet que tramaient ses parents et n'avait cure des traditions qui brimaient son indépendance. Le propos ne surprit pas Lorenzo outre mesure, connaissant sa fille et son besoin de liberté, et il se dit qu'elle finirait par donner d'autres nouvelles un jour, sachant qu'il faut que jeunesse se passe. Elle n'écrivit jamais plus.

Les années passèrent et plaquèrent sur le souvenir de Blanche l'image d'une fille ingrate et irresponsable. Tout le monde savait qu'elle n'était pas domptée, pas domptable. Aussi, personne ne partit à sa recherche. Aucune battue ne fut entreprise pour la retrouver. Son corps gît donc toujours à l'ombre d'un bocage, près d'un cadavre de loup, avec le ciel pour éternité.

REMERCIEMENTS

Chantale, Elizabeth, Julie et Lisa-Marie, pour votre œil inquisiteur.

Hélène, Line, Lucille, Marc, Nathalie, Philippe, pour votre œil de lecteurs.

Cassie, pour ton œil qui a donné vie à ce roman.

À vous, mille fois mercis.